레슨

레슨

이화섭 지음

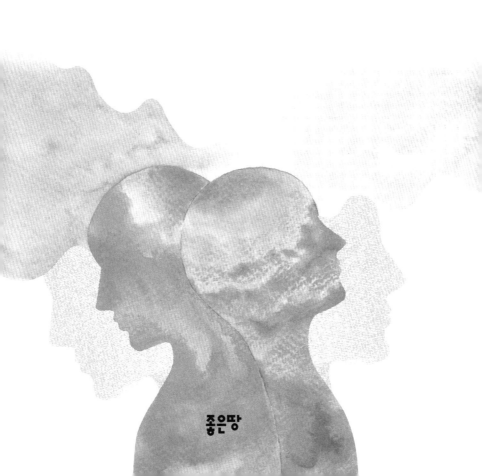

좋은땅

서문

현재 우리가 살고 있는 이 세상은 지난 몇 세기 동안 수많은 지식과 정보를 쌓아 그 지식과 정보를 토대로 문명의 발전을 이루었고 앞으로도 우리들의 문명은 끊임없이 발전해 나갈 것이다. 문명이 발달한다는 것은 문화의 진화를 토대로 문명의 축이 확장되어 나간다는 이야기이다. 다시 말해서 우리들 일상생활에서부터 자연스럽게 경험한 일들의 기록이 축적되고 그것이 지식이 되고 그 지식을 기반으로 하여 문명은 지속적으로 진화해 나가고 있는 것이다.

오직 인간만이 고도의 정신 능력을 이용하여 새로운 지식과 수준 높은 기술을 지속적으로 향상시켜 왔다. 즉 우리들은 끊임없이 문화의 진화를 통한 문명의 발전을 동시에 추구했기 때문에 우리들 삶이 지속적인 개선이 가능했던 것이다. 그렇다면 문화는 무엇이고 문명은 무엇인가? 결론부터 먼저 이야기하자면 문화는 소프트웨어이고 문명은 하드웨어이다. 이 두 개의 바퀴가 서로 맞물려 이 세계의 모습을 바꾸어 나아가고 있다. 즉 문화는 보편적인 우리들의 평범한 삶 속에서 보고 느낀 것들을 각자의 방식대로 재해석해 나가고 동시에 타인과의 지속적인 관계를 통하여 자신의 삶을 풍요롭게 만들고자 하는 끊임없는 노력을 하는 가운데 생기는 인간 삶의 자연스러운 현상이다. 그래서 우리는 자신의 삶을 풍요롭게 하기 위해서 하늘에게 묻고 스승에게 묻고 이웃에게 물어보고 그리고 자신에게 물어 가며 자신에게 벌어진 난해한 삶의 문제를 해결해 나갔다. 그래서 문화는 우리들 각자의 삶의 경험을 통해서 (직접적이든 간접적이든) 자신만의 삶의 방식을 만들어 나아가며 우리들의 삶을 풍요롭고 행복하게 살기 위한 자신만의 투쟁의 흔적들이다. 이러한 일상의 삶 속에서 자신에게 닥쳐온 문제들(좋은 일이든 나쁜 일이든)을 해결하기 위해서 우리들은 끊임없이 생각을 멈추지 않는다.

생각은 반드시 감정을 동반한다. 왜냐하면 우리가 생각을 한다는 것은 그 생각을 통한 이미지가 불현듯 하늘에서 뚝 떨어진 것이 아니라 우리들 마음속에 축적되어진 (때로는 한 번도 현실에서 인식되거나 경험되어지지 않았지만 항상 각자의 마음속에 태초부터 존재하고 있었던 생각의 이미지들을 포함하여) 직간접적으로 경험된 자신만이 가진 정보들이다. 그래서 경험되어졌다는 것은 반드시 감정을 동반할 수밖에 없다. 왜냐하면 우리들은 인간이기 때문이다.

레슨

일어나는 생각과 감정은 우리가 기억을 하고 있든 하지 않고 있든 그 생각을 만들어 낸 최초는 다름 아닌 우리들 자신이다. 한 생각이 일어난다는 것은 분명히 어디선가에서 분명히 경험을 했기 때문에 그러한 생각의 이미지가 나타나는 것은 자연스러운 일이다.

우리가 상상을 하는 것 역시 마찬가지이다. 상상을 한다는 것은 오랜 세월 동안 우리들의 마음속 깊이 새겨진 우리들만이 경험했던 정보들의 움직임이다. 순수하게 상상된 이미지는 우리들의 감정을 편안함으로 이끌어 준다. 마치 오랜 타향살이 후에 잠시 고향에 머물며 몸과 마음을 치유하는 것처럼 평화로운 상태를 즐기는 상태가 되기도 한다.

상상은 우리들이 기억을 하고 있는 정보와 기억하지 못하는 정보들이 서로 통합하여 현재의 삶을 통해서 발현된다. 현재 삶 속에서 떠오르는 생각의 이미지들이 때로는 비현실적인 망상처럼 느껴지기도 하겠지만 그 이미지는 절대로 비현실적이지 않다. 분명히 우리들은 (현실 세계에서는 이해할 수 없지만) 시공간을 초월한 비현실적인 생각의 이미지들을 자신의 내면에서 보았다면 분명히 자신만의 특별한 경험을 했기 때문에 그러한 초현실적인 이미지가 자신의 내면 안에서 그려졌고 우리는 그 이미지들을 의식의 수면 위로 끌어올

릴 수 있는 것이다.

라이트 형제가 새처럼 하늘을 날고 싶다는 욕망의 최초는 자신의 내면 안에서 상상의 그림을 그리는 것부터 출발한 것은 틀림없는 사실이기 때문이다. 개인적인 생각이지만 라이트 형제는 과거에 창공을 날아다니는 독수리의 삶을 살았을지도 모른다.

감정 역시 다르지 않다. 우리들이 이 세상에 태어나면서부터 자연적으로 생성된 지각 기능들은 후천적으로 사회적 관계를 통해서 감정이라는 이름으로 재학습되었다. 본래 우리들의 감각기관과 감정은 자연적으로 생성되었고 후천적으로 재학습되어 발달되었다고 하지만 사실상 그것들은 본래 없었다.

자연적이라는 말은 태초부터 우리들 주위에 존재하는 근원의 에너지인 소리와 빛의 파동의 영향으로 모든 존재가 다양한 모습으로 생성과 소멸을 반복하는 그 자체가 바로 자연적이다. 그래서 우리들 역시 태초에는 에너지 그 자체였다는 이야기이다.

그래서 우리들 모두 가지고 있는 감각기관 속에서 발생하는 감정 역시 태초부터 존재해 온 우주의 빛 에너지를 통해서 생성된 자연 그

레슨

자체의 모습이었지만 우리가 지금의 모습으로 이 지구상에 살게 되면서 자연스럽게 군집 생활을 시작하게 되었고 동시에 군집 생활을 시작하면서 타인과 관계하기 위한 수단으로 언어를 사용하는 순간부터 인위적으로 감정이 재학습되었다. 그래서 지금의 우리들 감정은 자연적으로 발생한 것이 아니라 언어와 함께 후천적으로 재학습이 된 것이다. 왜냐하면 진짜 감정은 언어가 끊어진 그 자리에 태초부터 사라짐도 나타남도 없이 항상 그 자리에 있었기 때문이다.

후천적 감정 학습은 각자의 경험들을 서로 나누는 과정에서 때로는 상대방에 대한 왜곡된 이해로 인해서 부정적 감정 학습량이 증가하기도 한다. 이러한 감정 학습으로 인한 가장 큰 부작용은 상대방을 자신만의 기준으로 판단하는 것이다.

인간은 자신이 경험한 모든 것을 타인에게 완벽하게 이해시키는 것은 불가능하다. 커뮤니케이션 능력이 특별한 일부 몇 사람들을 제외하고 말이다. 그렇다면 탁월한 소통 능력을 가진 사람들은 어떻게 다양한 생각과 경험을 가진 사람들의 이야기를 지혜롭게 듣고 그들의 생각들을 깊이 이해할 수 있었을까? 그 방법은 간단했다. 그들은 끊임없이 침묵하고 그들의 이야기를 경청했으며 동시에 내면의 시선은 오로지 자신에게 향했다. 다시 말해서 그들은 다른 사람들의 이야기를 통해서 자신의 자아를 침묵시키는 방법을 배웠고 그들의 의견을 쉽게 판단하지 않기 위해서 그들의 눈은 항상 자신 속으로 향했기 때문이다.

우리 인류사에 그러한 커뮤니케이션의 달인들을 우리는 성인이라고 부른다. 석존, 예수, 공자 같은 사람들이 특별한 소통 능력을 가졌다. 그들은 그렇게 커뮤니케이션의 달인이 되었다.

본래 우리들의 내면은 순수한 어린아이와 같았다. 즉 자연의 모습 그 자체였다는 말이다. 그러나 어느 순간 우리들은 사회적 조건에 맞은 가면을 쓰고 자신의 욕망만을 충족시키기 위한 노력만을 한 결과 우리들 본래의 모습을 점차 잃어 갔다. 더하여 사회가 급속도로 발전해 나감에 따라 홍수처럼 쏟아지는 지식 정보들은 우리들이 본래 가지고 있던 지혜로운 판단 능력이 상실되어 때로는 삶을 송두리째 흔들 수 있는 감당하기 힘든 고통스러운 일이 발생하기도 한다.

그 원인 중의 하나는 습득한 지식과 정보들을 피상적으로만 이해하고 자기중심적인 판단으로 행동에 옮겼기 때문이다. 그리고 어떤 사람들은 습득된 지식과 정보를 도구 삼아 사회적으로 명예와 권력을 얻기 위해서 더욱 두껍고 견고한 가면을 쓰고 거짓 감정으로 사람들을 현혹하기도 한다. 이러한 결과 우리들의 영혼은 스스로 만든 환상의 감옥 속에 갇혀 거짓 모습을 한 자신에게 끊임없이 이용당하고 있다.

망상의 감옥 속에 갇힌 자신을 진짜라고 믿으며 끊임없이 스스로를 세뇌시켜 만들어진 허상 속의 거짓된 모습을 한 가짜 나의 허황된 감정놀음으로 자신과 타인을 속이기도 한다. 왜곡된 감정이 만들어진 주된 원인은 자신의 본모습을 보고자 하는 용기가 없기 때문이다. 거짓 자아에 길들여진 우리는 왜곡된 생각과 삐뚤어진 감정 상태를 만들어 낸다. 왜곡된 감정과 생각들은 모순적인 신념을 통해서 길러졌다.

신념을 우리들은 믿음이라고 착각한다. 틀린 말은 아니다. 그러나 엄밀히 이야기하자면 신념은 진정한 믿음이라고 할 수가 없다. 왜냐하면 일반적으로 우리가 신념이라고 말하는 것은 나 자신에 대한 진실된 믿음보다는 자신보다 훌륭한 타인의 생각에 영향을 받아 생기는 경우가 많기 때문이다.

타인의 말과 글에 의해 생겨난 신념은 올바른 믿음이라고 말하기 어렵다. 진정한 신념은 자신을 이해하고 믿는 일부터 출발해야 함이

첫 번째이다. 자신을 신뢰하지 않고 타인의 생각과 사상을 무작정 믿는 것은 깊이 생각해 볼 일이다.

모두가 인정하는 검증된 이론이나 사상을 접했다 할지라도 그것을 진정 이해하고 신뢰하기 위해서는 자기 자신을 가장 먼저 이해하는 것부터 시작할 필요가 있다. 많은 사람들이 자신을 알기 위한 공부는 소홀히 한 채 바깥에서 나를 진정 알아줄 누군가와 끊임없이 관계를 맺기 위해서 동분서주하며 스스로 만든 환상의 그물 속에 갇혀 힘겹게 살아간다.

사실상 자신을 알지 못하고는 진정한 신념은 존재하진 않는다. 왜냐하면 그러한 왜곡된 신념은 자신보다 훌륭한 타인을 절대적으로 믿는 것으로부터 시작되었기 때문이다. 특별한 능력을 가진 타인이라고 한다면 예를 들어 토인비가 이야기했던 것처럼 '소수의 창조자들' 같은 사람들을 나는 이야기한다.

소수의 창조자들은 과학자일 수도 있고 정치인일 수도 있고 종교인일 수도 있다. 그들이 만든 이론, 사상들은 훌륭하다. 그러나 그러한 위대한 사상과 이론들은 우리 것이 아니다. 그들의 것이다. 그들의 의견이 아무리 훌륭하다고 할지라도 우리들이 맹목적으로 그들

레슨

의 의견을 맹신하는 것은 곤란하다.

신념 자체는 훌륭하다. 다만 타인의 의견만을 좇아 스스로 세뇌를 하며 자신의 것이 아닌 이론이나 사상들을 닮기 위해서 자신의 신념이 아닌 그들의 신념을 연습을 하는 것은 위험한 일이 될 수 있다. 그렇다고 그들의 생각을 담은 글이나 관련 자료를 보지 말라는 뜻은 아니다. 반드시 보아야 한다. 그들의 글과 자료들은 나를 알아가기 위한 훌륭한 도구이기 때문이다.

탁월한 창조적인 작품들은 기본적으로 자신을 가르치기 위해서 꼭 필요한 재료임을 명심해야 한다. 자신에 대한 공부를 위해서 그들의 작품들은 나의 자아를 깎아 내는 도끼가 되어야 하기 때문이다. 우리 내면 안에 오랜 세월 동안 겹겹이 쌓아 둔 고정관념들은 잘 쓰여지고 그려진 타인의 작품을 통해서 우리 자신을 볼 수 있는 훌륭한 거울이 되기도 한다.

즉 통찰력을 갖춘 훌륭한 창작자들의 말과 글은 자신을 알기 위한 훌륭한 자료가 된다는 이야기이다.

따라서 진정한 신념은 자기에 대한 믿음에서부터 출발해야 한다.

자기 믿음이 없는 신념은 오히려 자신을 죽일 수 있는 맹독으로 변할 것이기 때문이다. 자기 믿음은 자신에 대한 순수한 관심을 통해서 점차 스스로를 확신한다. 즉 확신은 자신을 알아 가는 가운데 생기는 것이다. 그래서 타인에 대한 관심보다는 먼저 자신에 대한 공부를 먼저 해야 한다.

우리들 육체와 정신은 무한한 우리 자신의 극히 일부이다. 눈으로 보여지고 느껴지는 자신의 모습 그리고 생각과 감정들은 우리 모습의 전체가 아니기 때문이다.

우리는 어디서 왔고 어디로 가는지를 아무도 궁금해하지 않는다. 왜냐하면 지금 보고 느끼고 있는 자신만의 생각과 감정만이 자기 자신이라는 불확실한 신념을 가지고 있기 때문이다. 그러한 불확실한 자기 인식의 병폐로 인해 이런 답도 나오지 않는 생각을 한다는 자체가 대부분의 사람들은 시간 낭비라고 생각할지도 모른다.

혹자는 먹고살기도 힘든데 무슨 한가한 소리를 하냐고 말할지도 모른다. 지극하게 당연한 말이다. 그러나 우리들이 살아가면서 순간 순간 느끼는 감정, 생각들이 우리들 삶의 방향을 결정하는 핵심 요소가 된다는 사실을 진정 이해한다면 우리는 답도 나오지 않는 이러한 주제에 대해서 깊은 고뇌를 하지 않을 수 없을 것이다.

사실상 인류 문화도 누군가 자신만이 느끼고 보았던 형이상학적인 관념에 대한 지독한 고뇌의 부산물들을 통해서 성장해 왔기 때문이다. 그들이 고뇌했던 이유는 새로운 무엇을 창조하기 위해서라기보다는 자신을 알기 위한 지독한 자기 레슨을 통한 깊은 성찰을 한 결과를 우리들에게 그들의 작품으로 토해 냈던 것이었다. 우리는 그들의 토사물들을 다시 읽고 보고 느끼며 동시에 우리들 자아를 깎아내기 위한 도구로 사용해야 한다. 그러한 행위를 많은 사람들은 '창작'이라고 부른다. 위대한 창작의 뒤편에는 뼈를 깎는 자신만의 학습 시간이 한평생 그들의 일상이 되었을 것이다.

반면에 자기 레슨이 되지 않은 사람들은 타인의 훌륭한 작품들을 앵무새처럼 자신의 말이고 신념인 양 연극하기도 하고 또 어떤 이는 자신의 글이나 그림 혹은 다양한 장르의 표현을 위해 남의 작품들의 피상적인 모습만을 흉내 내고 편집만 하는 사람들은 자기 레슨을 통한 자신의 작품을 생산해 내는 고통을 이해하지 못할 것이다. 남의 신념을 자기 자신이라고 스스로 세뇌하고 말하는 사람들은 앵무새와도 같다. 그러한 삶 역시 자신이 선택했기 때문에 자신이 책임질 수밖에 없다.

아무리 훌륭한 작품이라고 할지라도 그 사람만의 생각과 믿음에서 나온 작품일 뿐이다. 분별력 없이 타인의 주장을 무작정 받아들여서는 자신에 대한 믿음이 생기지 않는다.

위대한 창작자들 역시 우리와 같은 불완전한 인간일 뿐이다. 그들이 '신'은 아니지 않는가? 우리가 할 수 있는 유일한 일은 천재적인 그들의 작품을 통해서 자신을 레슨하기 위한 대화를 나눌 뿐이다. 그들이 했던 것처럼 말이다. 그들과 대화할 수 있는 길은 오로지 그들의 작품뿐이기 때문이다. 즉 시공간을 초월해서 그들에게 자기 자신을 레슨했던 방법을 배울 수 있는 통로는 오직 그들의 작품뿐이라는 이야기이다.

오랜 세월 동안 인류는 각자의 방법으로 자신의 내면 안에 존재하는 형이상학적 관념의 이미지를 해석하여 현재의 세상을 만들었다. 그렇게 쌓아 온 지식을 바탕으로 형성된 문화와 함께 지금의 문명이 만들어졌다. 우리 모두가 살아 있는 한 앞으로도 과거처럼 미래에도 누군가 치열한 자기 레슨으로 쏟아 낸 그들의 고뇌로 가득 찬 부산물들을 읽고 보고 새로운 문화를 만들고 동시에 우리의 문명 역시 끝없이 뻗어나갈 것이다.

그러나 문명이 발달함에 따라 오히려 더 많은 사람들이 자신을 모르고 산다. 그로 인하여 원인을 알 수 없는 고통에 시달리기도 한다. 자신이 왜 아픈지 어디가 고장이 났는지 모른다. 아프면 병원에 가고 약을 먹고 쉬면 그뿐이라고 단순하게만 생각한다. 맞다. 아프면 병원도 가야 하고 약도 먹어야 한다. 육체의 질병은 가능하다. 현대의학으로 육체에서 발병한 웬만한 질환은 개선할 수 있다. 그런데 그렇게 열심히 치료를 받았는데도 계속 아프다면 병원보다는 자신의 내면을 한번 들여다볼 필요가 있다. 왜냐하면 내 안에 존재하는 진짜 나는 아픈 이유를 알려 주기 때문이다.

진심으로 자신과 마주할 때 우리 모두 내면의 소리를 들을 수 있다. 사회적인 목표를 이루기 위해서 노력을 하는 것도 좋지만 그보다 가장 먼저 자신을 먼저 이해하고 가르치는 시간을 꾸준하게 갖는 것이 더욱 중요하다.

우리들의 마음속에는 한 가지 얼굴만 존재하지 않는다. 지금 보고 있는 나의 모습이 진짜 나라는 증거는 없다. 지금 내 모습이 자신이라고 착각하고 있을 뿐이다. 왜냐하면 현재우리의 모습이 진실한 나라면 결코 변하지 않아야 하기 때문이다. 변하지 않는다는 이야기는 우리 주위에서 어떠한 일이 생겨나든 우리들의 마음은 공기나 태양처럼 언제나 한결같아야 하기 때문이다. 그러나 우리는 외부에서 일어나는 갖가지 크고 작은 일에 일일이 반응을 하며 실제 일어난 일보다 더욱 크게 망상을 한다. 그 이유는 간단하다. 우리는 항상 두렵고 불안하기 때문이다.

끊임없이 우리는 자신과 주변에서 벌어지는 많은 일들을 분석하고 판단을 하지만 결국은 그 사건에 대한 피상적인 이해만 할 뿐 그 일이 발생한 원인이 자신으로부터 출발했다는 사실을 인정하지도 않고 믿지도 않는다. 즉 상황만 다를 뿐 반복적으로 같은 일이 일어나는 주원인이 오래된 감정과 생각들 때문이라는 사실을 알지도 못하고 설령 안다고 해도 그 문제를 해결하려는 노력을 하는 사람들은 많지 않다. 그 이유는 자신에 대한 관심이 전혀 없기 때문이다. 우리는 살기 위해서 자신을 이해하기 위한 레슨의 시간을 매일 가져야 한다.

우리가 자신을 위한 레슨의 시간을 가져야 하는 가장 큰 이유는 우리들 마음속에 오래전부터 존재하고 있다고 믿어 온 가장 큰 착각들, 예를 들어 자신이 선하기 때문에 다른 사람을 위해서 선한 일을 하고 있다고 생각하거나 때로는 인간이기 때문에 때로는 악한 행동을 실수로 하기도 한다는 변명 같은 것들 말이다. 이러한 자기 합리화적인 착각에서 벗어나기 위해서 우리는 자기 레슨을 해야 한다. 즉 자기 레슨을 통해서 우리에게는 본래 추한 모습과 아름다운 모습들이 없다는 사실들을 받아들이고 그 모든 생각들을 버려야 한다.

왜냐하면 원래부터 우리들은 선과 악 같은 개념을 가지고 태어나지 않았기 때문이다. 근본적으로 인간은 선한 존재도 악한 존재도 아닌 중간자들이다. 즉 우리들에게는 선한 행동과 악한 행동을 선택할 수 있는 자유 의지만 갖고 태어났을 뿐이다. 우리에게 아름다움만 있다면 우리는 모두 '신'이다. 그리고 만약 악함만이 있다면 우리는 모두 '악마'이다. 그래서 우리들은 '신'도 '악마'도 아니다. 우리들은 선과 악을 선택할 수 있는 자유 의지를 가진 중간자들일 뿐이다.

이러한 사실이 마음속 깊이 인정되어야만 지혜롭게 올바른 선택을 할 수가 있다. 이것이 바로 받아들임이다. 다시 말해서 우리들 안에 존재하는 모든 모습들, 즉 아름다움과 추한 모습까지도 모두 받아들여야 한다는 이야기이다. 우리가 불행해지는 이유는 우리들 스스로가 자유롭게 선택할 수 있는 의지를 억압하기 때문에 불행한 일이 벌어지는 것이다. 그러나 자유 의지는 반드시 그 선택에 따른 그에 상응한 책임 역시 따른다는 사실 역시 잊지 말아야 한다. 자유 의지는 방종이 아니기 때문이다. 그래서 우리들이 진심으로 우리 자신에

대해서 이해를 하고자 노력한다면 이전 삶보다는 행복한 삶을 살 것
이다.

그러나 우리는 매일 행복에 가까이 가고자 할 뿐 진정 행복해지는
일은 없다는 사실 역시 받아들여야 한다. 이것이 행복에 대한 진실
이다. 행복은 지금 우리들이 삶을 살고 있는 과정에 있지 결과에는
존재하지 않기 때문이다. 이 사실을 진정 우리가 마음 깊이 인정하
는 그 찰나의 순간만 잠시 행복할 뿐이다. 그래서 우리는 존재하지
않는 행복이라는 신기루를 쫓아가며 스스로를 옥죌 필요가 없다. 우
리들의 삶은 '나'를 알아가는 과정만이 필요할 뿐이다.

'레슨'을 한다는 것은 우리들의 고향으로 돌아간다는 것을 의미한
다. 자신에 대해서 알아간다는 것은 '본래의 나'를 찾아가는 긴 여정
이다. 그 기나긴 여정은 쉽게 끝나지 않을 것이다. 왜냐하면 우리는
너무나 오랫동안 고향을 떠나 왔기 때문이다. 그 길은 험난하고 고
통스러울지도 모른다. 그렇지만 우리 모두 고향으로 돌아가야 한다.
그곳만이 우리가 쉴 수 있는 유일한 곳이기 때문이다. 그곳에 도달
하지 않고는 우리에게 영원한 행복이란 존재하지 않기 때문이다.

그래서 나는 지금부터 내가 생각하는 고향에 대해서 이야기하고

자 한다. 본론에서 전개되는 이야기는 용수라는 앵무새가 자기 레슨을 통해서 고향으로 돌아가는 여정을 기록한 것이다. 그는 자신과의 힘겨운 대화를 통해서 차츰차츰 고향에 대한 이해를 하게 되고 비로소 고향의 참의미를 깨닫게 되어 결국 그곳에 도착하게 된다. 즉 용수가 자기 레슨을 통해서 고향에 간다는 것이 무엇을 의미하는지에 대한 그의 내면 여행기를 지금부터 이야기해 보려 한다.

목차

제2부

우리는 늘 고향에 있었다

제1부

나를 알아가는 여행

1. 고향을 꿈꾸다

시계 소리가 째깍째깍 들린다. 아직 여명이 오지 않은 좁고 어두운 방 안에는 울 수 없는 한 마리 앵무새만이 적막을 깨는 날카로운 시곗바늘 소리에 잠 못 이루고 아침을 기다리며 답답한 어두움과 함께하고 있다. 이 앵무새의 이름은 '용수'이다. 용수는 매일 작은 새장 안에서 조그마한 창문만을 바라보며 문 밖의 세상을 동경하고 있지만 그는 나갈 수가 없었다. 새장 속에 갇힌 자신의 처지로는 아무것도 할 수 없는 것이 용수의 운명이기 때문이다. 용수에게 주어진 세상은 오직 작고 답답한 방 안의 작은 새장 속뿐이기 때문이다. 가끔 용수를 위한 작은 모이 그릇을 들고 들어오는 늙은 부부만이 용수가 볼 수 있는 유일한 자신과 다른 생명체들이었다.

그 늙은 부부는 지독한 변덕쟁이들이다. 그들은 결단코 용수를 사랑하지 않았을 뿐만 아니라 그날의 기분에 따라 용수를 대할 뿐이었

레슨

다. 그들의 내면은 자신들이 살아온 인생에 대한 별 볼 일 없는 자부심과 자만심만이 그들의 이성을 지배하고 있을 뿐이었다. 그들은 자신에 대한 깊은 성찰과 반성 따위는 한 번도 해 본 적이 없는 지독한 에고이스트들이다. 그들은 인생에 대한 종말, 즉 인간이라면 누구나 겪을 수밖에 없는 죽음 따위는 그들에게는 아무 상관이 없다는 듯 자신들의 삶이 영원할 것이라는 신기루 같은 신념만을 추구해 왔던 사람들이다.

그래서 그들은 평생 추구해 왔던 왜곡된 신념을 지키기 위해서 어떠한 부조리한 일을 해서라도 자신들만을 위한 쾌락적인 삶만을 살고자 안간힘을 평생 썼던 불쌍한 사람들이다. 그래서 그들은 자신이 불행한 삶을 살고 있는 줄 모른다. 그 같은 어리석은 믿음으로 인해 스스로 자신의 삶을 조금씩 파멸시키는 줄 모르고 헛된 행복만을 집착하고 있는 그들은 슬픈 탐욕스러운 돼지들이다.

용수는 그들과 함께 살며 고통스러운 감정적 경험을 해야만 했다. 그의 삶은 지독한 악몽과 혼란 그 자체였다. 매일 그들의 횡포를 참아내야 하는, 영원히 멈출 것 같지 않은 비참과 두려움 그리고 불안의 검은 그림자와 늘 함께하고 있는 그의 눈은 항상 슬펐다. 왜냐하면 그러한 감정들 역시 용수 자신에게도 있었기 때문이다. 그들의 경박한 삶의 태도는 타인과의 진정한 소통이 무엇인 줄 모르는 그들만의 견고한 신념에서 나온 행동들이 고스란히 용수의 마음에 비춰져 그를 고통스럽게 했다. 시간이 지나가면서 용수는 그들의 삶을 통해서 자신을 보기 시작했다. 그리고 삶에 대한 진실과 허위의 본 모습을 찾기 위해 용수는 자신 속 여행을 하기로 결심했다.

자신의 내면을 바라보는 일은 용수에게는 고통 그 자체였다. 자신의 내면을 주시하는 동안 그가 애써 회피했던 고통스러운 과거의 기억들이 현실의 삶을 올바르게 직시하지 못하도록 만든 원인이 되었다는 사실을 조금씩 알아갔다. 자신의 본모습을 알지 못한 무지 때문에 그에게 불행은 항상 예고되어 있었다. 모든 불행의 시작은 고통스러운 과거 삶의 기억들 때문이었다. 자신이 만든 망상 때문에 만들어진 그의 왜곡된 태도와 행동으로 인하여 지금의 삶이 만들어졌다. 그는 자신의 거짓된 가면을 한 커플씩 들여다볼 때마다 지독한 감정적 고통에 시달렸다. 그는 조금씩 깨달아 가기 시작했다. 늙은 부부는 다름 아닌 용수 자신의 모습이었다는 사실을 말이다. 다시 말해서 늙은 부부는 용수의 과거 기억을 일깨워주는 거울이었던 것이다.

용수는 무지했기 때문에 매일 늙은 부부가 가르쳐 주는 해괴한 언어를 자신의 말인 양 착각하고 같은 말을 반복하며 그 말이 진정 자신의 언어인 줄 착각하면서 살았다. 자기 자신을 진지하게 바라보는 동안 자신에게는 애초부터 자신의 말이 없었다는 사실을 알아 가기 시작했다. 나의 언어가 아닌 타인의 언어를 자신의 말이라고 착각하며 살아온 자신을 처음으로 부끄러워하기 시작했다. 그리고 자신을 알지 못한 무지가 자신의 내면의 평화를 깨뜨리고 불행한 상황이 펼쳐지는 주원인이 되었다는 것까지 알게 되었다.

그 사실을 느끼는 순간 회색빛의 강력한 힘을 가진 '회의' 그리고 '자기 부정'들이 용수를 더욱 세차게 에고의 구렁텅이로 밀어 넣었다. 에고의 회색 구덩이 속에서는 경박하고 거짓으로 꾸며진 자신도 이해하지 못하는 말과 노래가 멈추지 않았다. 그 목소리의 주인은 자신이 아니라 늙고 추한 노부부였다. 용수는 이 목소리가 자신을 비참의 나락에 떨어지게 한 원인이라는 사실을 직감했다. 그 사실을 깨달은 순간 더욱더 강하게 들려오는 그 소리들과 용수는 끊임없이 싸워야만 했다.

자기 부정은 '무지'에서 출발했다. 자신의 참모습을 알지 못한 '무지' 말이다. 무지는 자신을 불행한 삶으로 이끄는 강한 힘을 가졌다. 왜냐하면 '무지'는 자신은 특별한 사람이기 때문에 범인(凡人)들과는 섞일 수 없다는 특권 의식을 만들기 때문이다. 그래서 용수는 더욱 괴로웠다. '무지'가 나의 삶을 고통으로 이끈 원인이었다는 사실을 용수는 진정 받아들이기 싫었기 때문이다.

'무지'는 어리석은 행동과 생각만 하도록 하기 때문에 항상 부정적인 결과만이 양산되었다. 그래서 그는 거짓된 자신의 본모습을 감추기 위해 '배우'가 되어야만 했다. 자신을 진정 알지 못했던 용수의 영혼은 검붉은 빛의 지옥 속으로 스스로를 밀어 넣었다. 그 지옥에는 분노, 시기, 질투, 죄책감 같은 냄새나는 감정의 동물들이 그의 혼탁한 영혼을 먹기 위해 커다란 입을 벌리고 그를 기다리고 있었다.

용수는 천천히 자신을 보기 시작했다. 자신 안에 겹겹이 쌓인 검붉은 감정이 만든 망상의 모습들을 말이다.
"그렇다. 지금 보고 있는 모습은 가짜 '나'이다. 이것들이 나를 괴롭혔구나. 이런 망상들 때문에 아무리 노래를 불러도 행복하지 않았구나."
그렇게 혼자 되뇌이며 용수는 자신 안을 계속 둘러보았다. 그 속에는 각양각색의 회의, 불안, 두려움과 같은 잘못 길들여진 '자아' 속의 '가짜 신(神)'들이 용수를 비웃고 있었다. 그 '신(神)'들은 용수의 약한 마음을 잔인하게 후벼 파고 있었다.

레슨

용수는 혼란스러운 감정을 삭이며 하늘을 향해 천천히 고개를 들었다. 하늘은 티 없이 맑았다.

"아! 나의 노래를 부르고 싶다. 나의 마음속에 깊이 뿌리박힌 불안과 두려움 그리고 자기 부정에서 탈출하고 싶다."라고 용수는 계속 되뇌이며 자문자답을 시작했다.

"이 지독한 고통의 감정에서 탈출하려면 어떻게 해야 할까?"라고 스스로에게 질문하는 동안 불현듯 그는 생각을 했다. '지금 내가 있는 이곳은 어쩌면 내 고향이 아닐지도 모른다.'라고 말이다.

"내가 본래 태어난 곳은 이곳처럼 어둡고 습한 곳이 아니라 밝은 태양이 항상 내리쬐는 그곳이 진정 내가 태어난 곳일지도 모른다."라고 용수는 계속 중얼거렸다.

이윽고 그는 파란 하늘을 바라보며 진짜 고향으로 돌아갈 수 있을 거라는 희망을 품었다.

그리고 하늘을 뚫어지게 보며 그는 말을 했다.

"그렇다. 저 파란 하늘 뒤에 진짜 나의 고향이 있을지도 모른다."라고 말이다.

그리고 용수는 결심했다. 고향으로 돌아가기로….

2. 헛된 망상이 만들어 낸 어긋난 고향의 길

용수는 하늘을 날고 있었다. 좁디좁은 새장을 박차고 푸른 하늘을 힘차게 날고 있는 자신의 모습을 보고도 도무지 믿을 수가 없었다. 하늘을 나는 동안 용수는 기러기를 만났고 독수리 그리고 송골매도 만났다. 그 공간은 용수 혼자만 존재하지 않았다. 기러기, 독수리, 송골매뿐만 아니라 수많은 존재들이 한 공간 속에서 모두 같이 있음을 용수는 처음으로 알았다. 과거에는 전혀 보지 못한 광경이었다. 이렇게 넓은 공간이 존재한다는 사실도 몰랐고 이 속에 자기 외에 수많은 존재들이 같이 공존하고 있다는 사실을 전혀 몰랐다. 왜냐하면 용수는 좁은 새장 안에서만 살았기 때문에 이런 광경을 한 번도 본 적이 없었기 때문이다.

용수는 갑자기 번민에 사로잡혔다.
"이 공간은 내 것인데, 이 공간은 나만 있어야 하는데. 이 공간 속에서 나만의 노래를 불러야 하는데."라며 홀로 슬픔, 그리고 비참에 사로잡혀 알 수 없는 분노와 시기의 감정이 올라왔다.

왜냐하면 용수의 에고는 우리의 공간이 아닌 나만의 공간만이 필요했기 때문이다. 그런데 지금 여기는 나 외에 수많은 존재들이 그보다 더 일찍 이 넓은 공간 속에서 노닐고 있다는 사실에 질투를 했다.

기러기는 날아가며 용수에게 행복의 노래를 불러 주었지만 용수는 조금도 즐겁지 않았다. 독수리는 수시로 용수의 주위를 날며 매서운 눈으로 그를 노려보고 있었다. 송골매는 슬픔에 잠긴 용수의 눈을 파먹기 위해서 날카로운 부리를 수시로 그의 눈 쪽으로 가까이하기 위해서 안간힘을 썼다. 용수는 두려움에 가득 차 날갯짓을 멈추고 말았다.

용수는 깨어났다. 그는 여전히 새장 속에 있었다. 그러나 그는 잊을 수가 없었다. 독수리, 송골매, 그리고 기러기들을 말이다. 그리고 그는 '깊은 회의'에 빠졌다. 적잖은 회의적인 생각으로 그는 검은 혼란 속에 빠져 감정의 균형을 잃어 버렸다. 그런 용수의 모습을 바라본 늙은 부부는 그를 보고 비웃었다. 그들은 이렇게 용수에게 이야기했다.

"너는 영원히 고향에 가지 못할 것이다."라고 말이다.

그리고 늙은 여자는 다시 조소하며 이야기를 했다.

"왜 네가 다시 여기 좁고 갑갑한 새장 속에 다시 온 줄 아니?"라고 용수에게 물었다.

용수는 그녀에 되물었다.

"내가 왜 다시 이 좁은 새장에 다시 갇히게 되었습니까?"라고 말이다.

늙은 여자는 비열한 미소를 반짝이며 한마디로 그를 쏘아붙였다.

"너는 아무도 받아들이지 않았잖아. 착하고 연약한 기러기를 무시하고 비굴하게도 너보다 강한 독수리와 송골매에게는 두려움과 공포를 느끼고 피했잖아. 그래서 너는 여기 새장 속으로 다시 돌아온 거야. 이 바보야."라고 그를 놀리며 이야기했다.

새장 밖 창문으로 밝은 달은 사라지고 먹구름이 이내 몰려왔다. 그리고 폭우가 쏟아졌다. 용수는 검은 비를 보며 서럽게 울었다. 용수는 눈물을 흘리면서도 이 지독한 어두움 속에서 한 줄기 빛을 찾기 위한 본능적인 몸부림을 쳤다. 지금 그의 주위에는 혼란과 암흑만이 가득 찬 여름 폭우 소리만이 그를 괴롭히고 있었다. 용수는 또다시 고향을 그리워하기 시작했다. 용수가 꿈꾸는 고향은 푸른 하늘과 황금빛 연못 그리고 자유롭게 녹색 들 위를 시원한 바람을 가르며 날 수 있는 그곳이 진정 자신의 고향임을 믿고 있었다. 지금 있는 이곳은 자신이 있어야 할 곳이 아니라고 그는 생각했다. 그래서 그는 빨리 고향으로 돌아가 자신을 기다리고 있는 진짜 가족과 친구를 만나야겠다고 다시 한번 그는 다짐했다.

그러나 용수는 고향을 꿈꿀 때마다 더욱 큰 두려움과 불안을 느끼기 시작했다. 때로는 악몽을 꾸기도 했다. 그 꿈은 아름다운 용수의 고향이 더러운 늑대와 하이에나들에게 습격당하는 무서운 꿈이었다. 그렇게 용수는 고향 가는 길을 다시 잃어 버렸다.

3. 비탄의 극복 시도

용수는 어둡고 습한 길을 걷고 있었다. 그는 지친 몸을 이끌고 습하고 역겨운 냄새가 나는 그 길을 힘겹게 한 걸음 한 걸음 무거운 발걸음을 옮기고 있었다. 그는 지금 자신이 어디로 가는 줄도 모르고 말로 표현하기 힘든 강한 힘에 이끌려 걷고 또 걷고 있었다. 그의 몸과 정신은 이미 지칠 대로 지쳐 있었지만 이상하게도 걸음을 멈출 수가 없었다. 지금 용수가 있는 곳은 과거의 시간과 현재의 공간이 뒤섞여 버린 불안과 두려움이 가득 찬 공간이었다. 그 혼탁한 공간을 힘겹게 지나가는 동안 그는 왕을 호위하는 근위병과 북 치는 고수들을 만났다. 그들은 말없이 그를 노려보며 그저 무언의 '경의'를 표하도록 용수를 압박했다. 용수는 말로 표현 못 할 두려움을 느꼈지만 그들에게 경의를 표하지 않았다. 왜냐하면 그들은 왕이 아니기 때문이었다.

용수는 계속 중얼거렸다.

"너희들은 왕이 아니다. 그러니 나에게 '예'를 강요하지 마라."며 몹시 두려웠지만 그 역시 무언의 저항을 했다.

그리고 다시 그는 걸음을 재촉했다. 그의 발걸음은 자신의 의지와는 상관없이 저절로 옮겨지고 있었다. 그의 마음은 점점 조급해졌다. 그는 빨리 어둡고 냄새나는 이곳을 탈출해야 한다는 강박으로 인해 갈수록 걸음이 빨라지고 숨이 찼지만 그는 자신의 걸음을 탓하지 않았다. 그런데 갑자기 어디선가 우렁찬 목소리가 그의 귀를 세차게 때렸다.

"걸음을 멈추어라. 가련한 앵무새 용수야."

그 목소리에 용수의 걸음이 멈추어졌다. 그리고 그 목소리는 다시 울렸다.

"네가 나를 찾았는가?"

용수가 물었다.

"당신은 누구십니까?"

그리고 다시 목소리가 들렸다.

"나는 왕이다. 너는 나의 근위병과 고수들에게 '경의'를 표하지 않았다. 왜 그리했느냐? 그들이 내가 아니어서 그들을 무시했느냐?"

그의 목소리는 추상같았으며 그의 강한 기운 때문에 용수는 온몸을 떨었다. 이내 정신을 차리고 두려움을 애써 억누르며 힘껏 용기를 내어 그에게 이야기했다.

"나는 당신의 목소리만 듣고 당신이 진정 왕이라는 사실을 믿을 수 없습니다."라고 큰 소리로 외쳤다.

그러자 그 목소리는 용수를 비웃으며 이야기했다.

"너는 어쩔 수 없는 불쌍한 의심 많은 한 마리 새일 뿐이구나! 그래. 네가 정녕 소원이라면 내가 나의 얼굴을 보여 주지."라고 대답을 마치는 순간 검은 연기가 용수 주위의 모든 공간을 감싸 안았다.

그리고 왕이 나타났다. 그의 얼굴은 어둡고 탁했으며 숨 막혀 죽을 것 같은 강한 힘이 용수의 약한 기운을 억눌렀다. 그리고 왕은 성큼성큼 용수를 향해 걸어와서 그의 앞에 근엄하게 섰다. 용수는 그의 권위에 순간적으로 압도당했고 동시에 그의 이성을 그의 이웃에 사는 우매한 닭 부부처럼 잃어버렸다. 그리고 그의 영혼은 온몸에 오한과 열병이 걸린 것처럼 감정적 혼란을 동반한 심한 통증에 사로잡혔다. 용수는 애써 정신을 차리려고 애를 썼다. 그리고 왕에게 물었다.

"당신은 누구를 지배하는 왕입니까?"

그러자 왕은 기가 찬 듯 그를 노려보며 이렇게 이야기했다.

"항상 너의 곁에 있었고 너를 지배하고 있었는데 어떻게 나를 못 알아볼 수가 있느냐."라며 호통을 쳤다.

용수는 대답했다.

"내가 당신의 지배를 받았다고요? 저는 그런 적이 없습니다. 나는 한 번도 당신을 본 적이 없습니다."라고 이야기했다.

레슨

왕은 불같이 화를 내며 고함을 쳤다.

"네가 슬픔을 원할 때 나는 너에게 슬픔을 주었고 시기와 질투를 원하면 내가 아낌없이 주었는데 그런 빛나는 검은 선물을 준 나를 모른다고 말하는 너는 정말 구제불능의 불쌍한 앵무새구나! 아까 네가 보았던 근위병들이 왜 너를 보고 경의를 표하라고 했는지 아느냐? 그들은 너에게 기만과 허위를 나 몰래 우정의 선물로 주었다. 북 치는 고수들은 그 선물을 받은 너의 기쁜 모습을 보고 허약과 가난의 노래를 불러 주고 북을 치고 피리를 불며 비탄을 샘솟게 만드는 연주를 기꺼이 해 주었는데 너는 전혀 감사함을 모르고 오히려 그들을 증오의 눈으로 노려보았다. 나의 허락 없이 그 귀한 허위와 기만을 너에게 선물한 근위병과 고수는 나에게 호된 꾸지람을 듣고 그들이 가장 싫어하는 '진리'의 감옥으로 쫓아내었다. 그 감옥은 우리들이 가장 싫어하는 밝은 태양의 빛이 멈추지 않는 곳이기 때문에 그들은 그곳의 생활이 무척이나 고통스러웠을 것이다. 그 고통을 감수하고 그들은 너를 진정 사랑했는데 너는 어찌 그럴 수 있느냐? 너는 정말 배은망덕한 비루한 새일 뿐이다.

용수야, 너는 지난 일들을 모두 잊었구나. 너는 나에게 매일 슬픔과 비탄을 요청하여 그 비탄과 슬픔을 늙은 부부와 나눌 수 있도록 허락하였으며 그리고 너의 이성이 혼란에 빠지는 것을 즐기도록 나는 너를 도왔다. 그리고 너의 혼란한 이성은 항상 마비되어 있어 늘 같은 노래와 이야기를 반복하도록 나에게 요청한 것은 바로 용수 너였다. 나는 너의 소원대로 해 주었을 뿐인데 왜 나를 알아보지 못하고 되레 나를 모르는 체하려고 하느냐?"라고 왕은 불같이 화를 내었다.

그러자 용수가 물었다.

"내가 당신을 불렀고 같은 노래를 반복하며 슬픔과 비탄에서 나오지 않도록 요청한 것이 바로 저 자신이라고요?"

왕이 비열한 미소를 지으며 이야기했다.

"나는 누군가 요청하지 않은 이상 어느 누구의 곁에도 갈 수가 없다. 여태 그것도 몰랐느냐? 이 바보 같은 앵무새야!"

용수는 순간 당황했다.

"나의 고통스러운 절망과 비탄을 다른 사람이 아닌 내가 불러들인 거라고? 도저히 믿을 수 없어 나는 한 번도 당신을 부른 적이 없어." 라고 울부짖으며 왕에게 외쳤다.

왕은 마치 고양이가 쥐를 노려보듯 용수를 보고 있었다. 그 눈을 바라보고 있는 용수의 이성은 심한 혼란이 일어났다. 그러나 이내 용수는 정신이 번쩍 들었다. 그리고 그는 혼란한 자신의 이성을 추슬러 나아갔다. 그는 차분하게 왕의 눈을 보며 물었다. 당신의 이름이 뭐냐고 말이다.

왕은 껄껄 웃으며 간단히 말했다.

"역시 너는 머리가 작아서 그런지 작은 기억도 제대로 못 하는 것은 어쩔 수 없구나! 내가 그렇게 이야기했는데도 또다시 물어보는 너는 역시 보잘것없는 새일 뿐이구나. 그래. 마지막으로 한 번 더 이야기해 주지 나는 '비탄의 왕'이다."

그 말을 들은 용수는 깊은 고뇌에 빠졌다. 그러나 이내 작은 깨달음이 일어났다. 나는 비탄의 왕의 땅을 빨리 떠나야 한다고 말이다.

그리고 용수는 비탄의 왕에게 작별의 인사를 했다. 그러나 왕은 그가 떠나기를 원치 않았다. 그럴수록 더욱 용수는 당신을 떠나야 한다고 강력하게 말을 했고 나도 진정한 자유를 누리고 싶다고 애원하고 간청을 하였다.

그러자 왕은 불같이 화를 내며 말을 했다.

"너는 나를 떠날 수 없다. 왜냐하면 너의 본성은 이미 나의 정념의 상자에 깊이 보관되어 있기 때문이다. 그 상자는 나 이외에는 아무도 열 수가 없다. 결국 너는 나를 영원히 떠나지 못할 것이다."라고 엄포를 놓았다.

그 말을 듣고 용수는 이렇게 말을 했다.

"그 정념의 상자 속의 본성은 당신이 가져가라. 나에게는 아직 상상을 할 수 있는 능력이 남아 있으니 말이다. 상상이 나를 자유의 세계로 분명히 인도해 줄 나침반이 될 것이라고 나는 믿는다. 그리고 본성은 자유의 땅인 고향에 가서 찾아도 늦지 않다."고 이야기를 하고 기약할 수 없는 고향으로 가기 위한 긴 여정의 길을 걷기 위한 첫 발을 내딛었다.

그의 뒤에서 왕은 소리를 질렀다.

"용수야, 너는 지금부터 지독한 고립감과 권태의 친구를 만날 것이다. 그 친구들이 너를 다시 내 곁으로 데려다줄 것이다. 용수야!"

용수는 그 소리를 무시하고 고향으로 향했다.

4. 일상에서 벌어지는 반복적 고립감

　용수는 두 번 다시 좁디좁은 새장 속으로 돌아가고 싶지 않았다. 그 이유는 탐욕과 교만에 가득 차 자신들 뜻대로 일이 되지 않았을 때 모든 화풀이를 용수에게 일상으로 하는 늙은 부부와 다시는 살고 싶지 않았기 때문이다. 두 번 다시 늙은 부부의 집으로 돌아가지 않기 위해서는 용수는 고향으로 가야만 했다. 그러나 지금 걷고 있는 이 공간의 공기는 너무나 탁하고 멈추지 않는 세찬 모래바람과 때로는 살을 태우는 듯한 용광로 같은 뜨거운 열기로 인한 극심한 갈증으로 용수의 육체와 정신은 견디기 힘든 고통으로 서서히 지쳐 갔다.

　결국 그 고통을 더 이상 버티지 못한 용수는 쓰러졌다. 한참을 그는 그 자리에서 일어나지 못하고 눈만 깜빡거리며 빛 한 줄기 없는 검붉은 하늘을 희미한 눈으로 바라보았다. 그런데 그 하늘에서 늙은 부부가 비열한 웃음을 지으며 용수를 보고 있었다.

　그리고 말을 했다.

"나의 귀여운 앵무새야. 지금 너를 위해서 맑은 물과 맛있는 밥을 준비해 놓고 너를 기다리고 있단다. 그곳에서 힘들어 하지 말고 우리를 위해서 매일 노래를 불러 주고 말동무도 해 주렴. 그러면 너는 평생 굶을 일도 없고 목마름에 시달리지 않아도 된단다. 그 사실을 네가 더 잘 알고 있잖니? 너의 고향은 다른 곳이 아니다. 바로 우리와 같이 있는 이곳이 너의 고향이란다."

비바람이 갈수록 세차게 불고 있다.

용수는 고통에 겨워 속으로 계속 중얼거렸다.

'이곳은 너무 뜨겁고 목마르고 배가 고프다. 어쩌면 늙은 부부가 나의 진정한 엄마와 아빠가 아닐까? 돌아갈까?' 이런 생각이 들 때 어딘가에서 단호한 목소리가 들려왔다.

"안 돼. 용수야! 그곳은 너의 집이 아니야. 그 늙은 부부는 네가 노래와 말을 할 수 있기 때문에 너에게 그나마 밥과 물을 주는 거야. 만약 네가 노래와 말을 할 수 없다면 아마 그들은 너를 쓰레기처럼 버릴 거야. 그러니 힘내. 용수야, 고향으로 가야지!"라고 그의 눈앞에 희미하게 떠 있는 흰옷을 입은 용수가 외쳤다.

그러나 용수는 허기와 목마름을 참을 수가 없었다. 그리고 이내 발길을 돌려 버렸다.

새장 안으로 다시 돌아왔다. 한동안 늙은 부부는 그에게 친절하게 대해 주었다. 아마도 그들은 용수가 다시는 자신들 곁을 떠나지 못하도록 하기 위해서 용수의 비위를 맞추어 주었을 것이다. 단 며칠 동안만 말이다.

어느 날 아침 늙은 할멈이 갑작스럽게 용수에게 고함을 치고 새장을 주먹으로 쾅쾅 치며 갖은 욕설과 큰 소리를 치며 그를 닦달했다.
"나는 너를 먹여 살리기 위해서 낮과 밤을 가리지 않고 열심히 일을 하여 너의 밥값을 대고 있는데 너는 허구한 날 놀고먹으며 네가 자고 먹는 새장을 깨끗하게 청소도 할 줄 모르냐."며 피 토하듯 고함을 질렀다.
그리고 손에 든 빗자루로 그가 갇혀 있는 새장을 때렸다. 용수는 겁에 질려 어쩔 줄 몰랐다. 그래도 용수는 하루 종일 노래를 불렀다. 늙은 할멈을 위해.

밤이 되었다. 어딘가에서 술에 곤드레만드레 취하여 고래고래 고함을 치는 소리가 들렸다. 그리고 만나는 모든 이웃사람들과 일일이 시비하며 다투는 소리는 틀림없이 늙은 할아범의 목소리였다. 늙은 할아범은 항상 성경책을 끼고 있었다. 그리고 주일이면 교회에 나가는 것을 잊지 않았다. 봉사도 열심히 했다. 그러나 그는 성경의 가르침과 반대되는 행동을 하는 사람이다. 그는 믿음이 있는 교인은 아니었다. 그는 교인이 아니라 하느님과 거래하는 장사꾼일 뿐이다. 늙은 부부가 운영하는 작은 식당은 그들 부부가 다니는 교회 신자들이 기꺼이 단골이 되어 주었기에 그들은 믿음은 없지만 매주 주일 예배와 봉사를 빠지지 않았다. 그런 가짜 교인인 늙은 주정뱅이 할아범이 돌아온 것이다.

용수는 만취한 할아범이 자신을 괴롭히지 않기를 바라며 〈누런 모래 황무지 속의 어두운 두더지 동굴〉의 노래를 눈물을 흘리며 불렀다.

"사막에 우뚝 서 계신 대지(大地)의 신이시여. 저를 어두운 두더지 동굴에서 구해 주소서. 구해 주소서."

용수는 매일 이 노래를 불렀다.
늙은 할아범은 오늘도 용수에게 비난을 퍼부었다.
"너에게 매달 지출되는 돈이 얼마인데 아직도 그 지긋지긋한 두더지 노래를 부르는 거야."라고 화를 내며 새장을 주먹으로 힘껏 치고 비틀거리며 자기 방으로 들어갔다.
용수는 저주받은 자신의 운명을 탓하며 고통스러워했다. 그는 또다시 고향 가는 길이 그리워졌다.

레슨

5. 공간 속의 별들

용수의 방은 매일 칠흑 같은 밤이었다. 매일 낮과 밤이 번갈아 가며 이 세계에 골고루 빛을 비춰 주지만 용수의 방만은 철창 사이로 '해와 달'의 빛이 강하게 스며드는 운 좋은 날을 제외하고 용수는 칠흑 같은 어두움 속에 갇혀 지내야만 했다.

용수는 너무 지쳐 꾸벅꾸벅 졸고 있었다. 한참을 졸고 있는데 알수 없는 기척을 느껴 창 쪽을 무심히 바라본 용수는 소스라치게 놀랐다. 창살 사이에서 매서운 눈이 그를 보고 있었기 때문이다.

용수는 두려움에 떨며 물었다.

"누구십니까?"

검은 존재는 모습을 드러내며 말했다.

"나야. 너의 친구 올빼미 무식이야."

그를 보자마자 용수는 짜증 섞인 목소리로 말했다.

"내가 어째서 네 친구냐? 나는 너를 한 번도 친구라고 생각한 적이 없어."라고 퉁명스럽게 한마디 쏘아 붙이고 벽 쪽으로 뒤돌아섰다.

그 모습을 본 무식이는 용수의 뒤통수에 대고 비웃으며 말했다.

"친구, 너는 정말 무지한 놈이다. 좁디좁은 새장에 갇혀 매일 똑같은 노래를 부르고 반복적인 말을 하고 너의 주인에게 밥과 물을 구걸하며 그들에게 의존하고 있지 않니? 나를 봐. 나는 새장에 갇혀 있지도 않고 너처럼 누군가 밥과 물을 주지 않으면 굶어 죽을 것 같은 두려움에 떨며 살지도 않아. 그리고 나는 나의 의지대로 세상을 떠돌며 너 같은 하찮은 앵무새 따위는 한 번도 본 적이 없는 다양한 세상의 모습들을 보고 듣고 경험을 하지. 너 같은 놈은 내가 아무리 설명해 줘도 이해할 수 없는 세상의 모습들을 말이야."

용수는 그 말을 듣고 비웃으며 그의 말을 되받아쳤다.

"너는 너 자신을 속이고 있어. 이 한심한 친구야! 낮에는 다른 새들이 두려워 깊은 숲속에 숨어 있다가 밤이면 슬그머니 나와 친구도 없이 외롭게 나뭇가지 위에서 눕지도 못하고 홀로 서서 울고 있는 주제에 네까짓 놈이 나보다 세상에 대해서 무엇을 더 알고 경험을 했다는 건지 모르겠구나. 이 한밤중의 외톨이 새야!"

그 말을 들은 무식이는 조금도 주눅 듦이 없이 용수에게 날카롭게 이야기했다.

"너는 그래서 새장 밖을 나오지 못하는 것이다. 너는 네가 갇혀 있는 새장 옆의 작은 창틀 사이에서만 볼 수 있는 하늘 그리고 별들의 모습이 네가 보는 세상의 전부인 줄 알지? 이 어리석은 친구야. 제발 꿈에서 깨어나. 네가 보고 있는 하늘과 별들은 무한한 공간 속의 극히 일부분일 뿐이야. 창문 밖의 세상은 우리가 가늠할 수 없는 무한한 공간이 끝도 없이 펼쳐져 있어. 별들 역시 우주 공간을 모두 덮을 만큼 꽉 차 있지. 너는 그 광활한 우주의 본모습을 한 번도 본 적이 없잖니. 그리고 내가 밤에만 홀로 논다고 말했니? 그래. 맞아. 나는 밤에만 혼자 놀지. 그 이유가 다른 새들이 무서워서 그런 것이 아니야. 나는 그저 밤의 고요함과 아름다운 별들을 온전하게 보고 느끼고 싶기 때문에 나의 삶의 시간을 밤으로 선택했을 뿐이야. 낮의 따뜻한 햇살을 즐기며 노는 새들은 밤에는 피곤해서 잠을 자지. 그것은 그들의 선택일 뿐이야. 나는 그들의 선택을 존중해. 그들과 나는 서로 다른 선택을 했을 뿐이야. 낮에 노는 새든 나같이 밤에 노는 새든 우리는 모두 각자 처지에 맞게 삶을 선택할 자유를 맘껏 누리고 있을 뿐이지.

그런데 너는 우리처럼 너의 삶을 선택할 자유가 없지 않니? 너는 누구도 무시할 자격이 없는 가장 불쌍한 새일 뿐이야. 친구, 제발 정신을 차려! 너는 너의 의지대로 할 수 있는 것이 아무것도 없다는 사실을 뼈저리게 느껴야만 해.”라고 무식이는 그에게 따끔한 충고를 했다.

그 말을 들은 용수는 적잖이 당황했다.

그리고 물었다.

"네가 있는 공간이 그렇게 넓어? 그리고 별들도 셀 수 없을 만큼 많아?"

무식이가 의기양양하게 말했다.

"이 우주가 얼마나 넓은지 너에게 보여 줄 수만 있다면 보여 주고 싶어. 네가 만약 새장 밖으로 나온다면 그 모습을 보고 깜짝 놀랄 텐데 무척 아쉽군."

무식이가 말을 계속 이어 갔다.

"나는 네가 고향을 왜 그리워하는지 아주 잘 알지. 그리고 나는 네가 얼마 전 고향으로 가기를 시도했다가 비천한 늙은 부부의 꼬임에 넘어가 다시 이 답답한 새장 속에 갇힌 사실을 알고 있어."

용수는 놀라며 무식이 에게 물었다.

"그 일을 어떻게 알았는데?"라고 물었다.

무식이가 대답했다.

"이 마을을 지키는 늙은 백호(白虎)인 '백두 영감'에게 들었어. 백두 영감이 너에게 전하라고 하더군. 다시 한번 고향 가기를 시도하고 싶다면 자신을 찾아오라고 말이야."

그러자 용수는 울먹이며 무식이에게 이야기했다.

"이봐, 친구. 보시다시피 나는 새장에 갇힌 몸이라고. 어떻게 백두

레슨

영감을 만나라는 거지?"

그러자 무식이가 진지하게 이야기했다.

"네가 비탄의 왕을 만났을 때도 너의 몸은 새장 안에 있었다는 사실을 벌써 잊었니? 내가 이 말은 정말 질투가 나서 하지 않으려고 했는데 우리들은 육안(肉眼)으로만 보여지는 만큼만 우주 공간과 별들을 볼 수 있지. 그 모습 역시 무한한 우주 공간의 겉모습에 불과하지. 다시 이야기하면 낮의 새든 나 같은 밤의 새든 우리 모두가 '육안(肉眼)'으로만 인식된 세계 이상 보지 못해. 그런데 너에게는 특별한 눈이 있지. 너의 특별한 눈은 공간과 별들의 진정한 모습과 이야기들을 듣고 볼 수 있을 뿐만 아니라 스스로 육체의 감각기관을 떠나 우주와 별들의 전체를 볼 수 있는 상상의 눈을 가지고 있지.

우리들에게는 그런 눈이 없어. 만약 네가 상상의 눈을 뜬다면 우리랑은 비교할 수 없는 무한한 자유를 만끽하겠지. 너에게는 그런 특별한 능력이 있다고 백두 영감이 나에게 이야기했어. 어서 가 봐. 백두 영감에게 말이야. 그리고 부탁 하나만 할게. 네가 상상의 눈을 뜨면 부디 나도 고향으로 데려다 줘. 부탁해. 아마 우리들을 고향으로 데려가려면 커다란 황금 마차를 가져와야 할 거야. 잊지 마! 친구. 황금 마차를 꼭 가져와야 해."라고 말을 마친 후 무식이는 어디론가 사라졌다.

용수는 무식이가 돌아간 후 깊은 상념에 빠졌다.

그리고 혼자 중얼거렸다.

"내가 고향에 갈 수 있는 능력을 가졌다고?"라고 반복적으로 중얼거렸다.

6. 검은별과 하얀별 이야기

용수는 다시 여행을 떠났다. 검붉은 공간 속을 걸어가는 도중에 용수는 낯익은 아기 새를 만났다. 그는 아기 새를 유심히 보았다. 그 아기 새는 어린 시절 용수 자신이었다. 어린 용수는 자신을 보며 슬픈 웃음을 지어 보였다. 용수 역시 쓴 미소를 지으며 어린 용수에게 답했다.

그런데 갑자기 어디선가 표독스러운 목소리가 들려왔다.

"용수 이놈, 어디 있니? 지금 서둘러야 해. 분식집 늙은 부부가 너를 애타게 기다리고 있다고."라며 미친 듯이 그의 이름을 불러 댔다.

용수는 그 목소리를 기억했다. 엄마였다. 오랫동안 잊고 있었던 엄마의 목소리였다.

"엄마 나 여기 있어요."라고 어린 용수는 가녀린 목소리로 대답했다.

엄마가 화난 얼굴을 하며 어린 용수를 보자마자 그의 연약한 뺨을 세차게 때리며 고함을 질렀다.

"너는 정말 우리 집에 도움이 안 되는 멍청이다. 나는 너를 낳은 것을 정말 후회해. 나는 네가 너무 꼴 보기 싫어서 늙은 식당 부부에게 팔아 버릴 거야. 네가 그동안 우리 집에 있으면서 먹었던 밥값과 물값은 이것으로 대신하자. 너는 애초부터 낳지 말았어야 하는 자식이니 나에게는 후회도 없다. 마지막으로 나에게 효도한다고 생각하고 늙은 부부와 함께 행복하게 잘 살기를 바란다."

그리고 거칠게 용수의 손을 이끌고 검붉은 연기 속으로 사라져 갔다. 어린 용수는 뒤돌아 나를 보며 힘없이 손을 들어 작별을 고했다.

그 모습을 본 용수는 너무나 고통스러워 한동안 그 자리를 떠나지 못했다.

사방이 어두운 이곳은 어디일까?

주위에는 아무도 없었다. 검붉은 공간에는 용수 혼자만 서 있었다. 어디선가 마차 소리가 들려왔다. 검은 양복을 입고 검은 사각모자를 쓴 중후한 신사가 근엄하게 마차를 타고 용수가 있는 쪽으로 다가오고 있었다. 그는 급하게 마차를 세웠다. 신사는 용수를 바라보며 반갑게 인사를 했다.

"아니, 용수가 아니냐? 반갑다. 용수야."

그러자 용수는 물었다.

"저를 아십니까?"

"그럼 잘 알지. 너와는 이곳에서 오랫동안 같이 살았었지."라고 신사는 자상한 미소를 지으며 말했다.

용수는 깜짝 놀라 눈을 동그랗게 뜨고 물었다.

"제가 당신과 오랫동안 살았다고요?"

신사는 대답했다.

"물론이지. 너는 그 사이 나를 잊은 모양이구나. 얼마 전까지도 같이 살았었는데. 나의 이름은 '검은 기억'이라네. 이곳 검은별에서 나는 꽤 오랫동안 너에게 악몽 같은 너만의 기억을 잊지 않도록 도와줬지. 그 기억에 대한 이야기를 들려줄 때마다 너는 몸서리치며 고통스러운 기억을 즐겼었지. 방금 너의 엄마를 만나지 않았니?"

"네. 만났습니다."라고 용수는 대답했다.

"늘 똑같은 시간에 어린 용수와 너의 엄마는 똑같이 행동하고 말을 하지. 그 기억의 순간이 사라지지 않는 이상 말이야. 내가 하는 일은 네가 그 검은 기억을 잊지 않도록 도와주는 것이지. 그 일을 위해서 나는 너와 함께 오랫동안 같이 살았단다. 그런데 어느 날 갑자기 너의 엄마와 어린 너는 나타나지 않더군. 나는 그래서 희망의 기억 할멈이 그 검은 기억을 가져간 줄 알았더니 그렇지 않았더군. 그 시간의 기억을 잠시 동안 검은 모래사막 구덩이에 네가 처박아 두었더라고. 그때 나는 알았지. 머지않아 용수 네가 다시 그 기억을 찾으러 올 것이라는 사실을 말이야. 그 예상은 정확히 들어맞았어. 네가 검은별로 들어오는 순간 검은 모래구덩이 속에 묻혀 있던 너의 엄마와 어린 너는 다시 이 고통스러운 기억의 시간 위에 다시 올라섰지. 고맙네! 다시 나를 불러 줘서. 네가 나를 다시 찾지 않으면 검은 기억의 마차를 타고 이곳에 다시 올 수 없었을 테니까 말이야."

용수는 지난날 비탄의 왕이 했던 이야기가 불현듯 생각이 났다. 슬픔과 절망은 다른 누구도 아닌 나 자신이 불러들였다는 그 믿기 힘든 말을 말이다.

새장 속에 갇힌 어린 용수의 모습이 보였다.

새장 속에는 어린 용수가 노래 연습을 하고 있었다. 늙은 할멈은 끊임없이 윽박지르고 욕을 하며 손으로 용수의 머리와 뺨을 후려치며 노래 연습을 시켰다.

"자! 다시 한번 해 봐. 이 바보 멍청아! 내가 너의 엄마에게 돈을 얼마나 많이 주고 너를 샀는지 아니? 나는 너에게 노래와 말을 연습시켜 시장에서 앵무새 쇼를 하여 돈을 벌어야 해. 나는 너를 통해서 크게 한몫 잡아야 한다고! 너는 우리 부부를 위한 돈 버는 기계가 되어야 한단 말이야! 그러니 더욱 크게 노래를 불러! 더욱 크게 말이야!"

곁에서 어린 용수를 지켜보고 있는 용수는 눈물을 하염없이 흘렸다.

용수는 슬픔을 참기 위해 힘껏 날갯짓을 했다. 순간 어디선가 눈부

레슨

신 밝은 빛이 그의 몸을 감싸 안아 눈처럼 하얗고 부드러운 흙 위로 떨어뜨렸다. 용수는 주위를 둘러보았다. 이곳은 어두침침한 검은별과는 반대로 주위가 눈부시게 밝았다. 그리고 이곳의 모든 풀과 나무는 밝고 맑은 빛을 반사하고 있었다. 용수는 직감적으로 알았다. 여기가 하얀별이라는 사실을 말이다.

용수는 하얀 오솔길을 따라 걸었다. 기분이 상쾌했다. 걸어가는 길에 맑은 시냇물이 시원하게 흐르고 있는 모습을 보았다. 용수는 잠시 시냇물에 발을 담그고 쉬어 가기로 했다. 정말 이상했다. 이 별은 태양이 없는데도 너무 밝았다. 이곳의 밝고 따뜻한 빛은 태어나서 처음으로 느껴 보는 편안함을 주었다. 용수는 순간적으로 피곤함이 밀려와 자신도 모르게 잠이 들었다.

누군가 용수를 흔들어 깨웠다.
"용수야, 일어나. 어서."
그는 비몽사몽간에 눈을 떴다. 그리고 소스라치게 놀랐다. 덩치가 산만한 하얀 코끼리가 용수 앞에 서 있었다. 연이어 낯선 소리가 하늘에서 들렸다.
"용수야, 여기를 봐. 위를 보라고!"
하얀 코끼리 등 위에 새하얀 옷을 입고 하얀 지팡이를 들고 있는 멋쟁이 할멈이 앉아 있었다. 그 할멈은 용수를 보고 계속 손짓을 했다. 천천히 움직이고 있는 하얀 코끼리를 따라 오라고 말이다.

멋쟁이 할멈의 주위에는 새하얀 빛으로 가득 찼다. 아니 할머니는 하얀빛 그 자체였다. 눈이 부셨다. 용수는 이 사람이 희망의 기억 할멈이라는 사실을 직감적으로 알아차렸다.

용수는 새하얀 모래 위를 걷고 있었다. 하얀 대지는 눈이 부셨다. 그리고 맑은 시냇물이 하얀빛에 반사되어 더욱 하얗게 보였다. 용수는 결코 낯설지 않는 눈부시게 밝은 이 길을 정처 없이 걸었다. 저 멀리 진녹색 나무가 한 그루 서 있는 것을 보았다. 그리고 그 나무 아래에 누군가 앉아 있었다. 용수는 그 나무를 향해 발길을 재촉했다. 나무에 도착했다. 나무 아래에서 용수가 가부좌를 틀고 눈을 감고 꿈쩍도 하지 않고 앉아 있었다.

용수는 나무 아래 앉아 있는 자신의 모습을 보고 적잖이 당황했다. 용수는 멍하니 눈 감고 앉아 있는 용수를 바라볼 뿐이었다. 그때 희망의 기억 할멈이 어느새 용수 곁에 다가와 웃으며 이야기했다.

"왜 그렇게 넋을 놓고 보니? 용수야, 저 사람은 바로 너 자신이야."

용수가 할멈에게 물었다.

"뭐라고 불러야 합니까?"

레슨

할머니는 웃으며 말했다.

"그냥 너 자신이라니까."

용수는 용기를 내어 눈감고 앉아 있는 용수에게 말을 걸었다.

"이봐, 용수."라고 조용히 그의 이름을 부르자 눈감은 용수는 서서히 눈을 뜨고 용수를 보았다.

"반갑네. 용수."라고 그가 부드러운 미소를 지으며 대답했다.

용수는 가부좌를 튼 용수에게 물었다.

"왜 내가 당신이지?"

그러자 가부좌를 튼 용수는 대답했다.

"고향을 가고자 하지 않았나?"

그러자 용수는 깜짝 놀라 물었다.

"그걸 어떻게 알았지?"

가부좌를 튼 용수는 조용히 답했다.

"내가 고향이니까."

용수는 어리둥절했다. 가부좌를 튼 용수가 고향이라니 도무지 이해를 할 수가 없었다. 용수는 가부좌를 튼 용수에게 말을 했다.

"만약 네가 고향이라면 나를 데려가 줘."

그는 대답을 하지 않았다.

이때 희망의 기억 할멈이 이야기했다.

"그는 더 이상 말을 하지 않을 거야. 고향은 말로 갈 수 있는 곳이 아니기 때문이지. 정녕 네가 고향에 가고 싶다면 회색별에 가서 모든 기억을 깨끗하게 청소한다면 고향에 갈 수 있을 거야."

그 말을 듣고 용수가 물었다.

"회색별은 어디고 무슨 기억을 청소해야 한단 말입니까?"

희망의 할멈은 짧게 말했다.

"네가 만났던 비탄의 왕이 답을 가지고 있을 거야. 네가 새장 속에 다시 갇히기 전에 비탄의 왕을 만났지 않니? 그에게서 정념의 상자를 받아 그 속에 쌓여 있는 너의 본성을 깨끗이 씻어 내는 것이지. 그렇게 하면 가부좌를 튼 용수가 너를 버릴 거야. 왜냐하면 본래 그곳에는 가부좌를 튼 용수밖에 없었으니까."

용수는 멍하니 서서 희망의 기억 할머니를 보고만 있었다.

희망의 기억 할멈은 크게 소리쳤다.

"어서 가! 그렇게 멍하니 서 있을 시간이 없어. 서두르지 않으면 늙은 부부가 너를 새장 속에 다시 가둘 거야. 그리고 가는 길에 백두 영감을 꼭 만나야 해. 그 영감이 비탄의 왕을 설득할 지혜로운 방법을 알려 줄 거야."

7. 회색별

용수는 걸을 수가 없었다. 회색 안개가 섞인 비와 백색 얼음 덩어리가 하늘에서 쉴 새 없이 떨어지고 있었기 때문이다. 용수는 앞을 바라보려고 애를 썼지만 검붉은 빛과 회색 안개가 섞여 도저히 한 치 앞도 볼 수가 없었다. 그리고 거센 검은 모래바람까지 용수의 발을 묶었다. 그러나 용수는 고개를 푹 숙이고 한 발 한 발 걸음을 옮기려 애를 썼다.

"아, 도저히 걸을 수가 없다. 정말 멈추고 싶다. 그러나 여기서 멈추면 나는 다시 늙은 부부의 노예가 되어야 한다. 가야 한다. 고향으로 말이다."라고 혼자 중얼거리며 끊임없이 걸음을 재촉했다.

저 멀리 희미하게 동굴이 보였다.

"그래. 저 동굴에서 잠시 쉬어 가야겠어."

그렇게 혼잣말을 하며 힘겹게 걸어 동굴 입구에 도착했다. 동굴 안은 너무 어두워 아무것도 보이질 않았다. 용수는 순간적으로 두려움이 밀려왔다.

'들어가지 말까? 너무 으스스한데.'라고 마음속으로 말했다.

그런데 갑자기 동굴 안에서 벼락같은 목소리가 들려왔다.

"용수! 왔으면 들어오지 왜 거기 서 있나? 나를 만나러 온 것이 아니가?"

"누구십니까?"

용수가 물었다.

또다시 굵고 저음의 목소리가 들려왔다.

"날세. 백두."

동굴 속은 따뜻했다. 그러나 너무 어두웠다.

용수가 백두 영감을 찾았다.

"어디 계십니까?"라고 용수는 백두 영감을 불렀다.

또다시 굵은 목소리가 들려왔다.

"나 여기 있네. 잠시만 기다리게. 내가 불을 밝혀 주지."

그 말이 끝나기 무섭게 청백색 인광(燐光)이 동굴 안을 밝혔다. 그 빛은 동굴 안을 환하게 밝히기에 충분했다. 용수는 밝은 인광(燐光) 쪽으로 눈을 돌렸다. 용수는 깜짝 놀랐다. 그 빛은 호랑이의 눈에서 나왔다. 용수는 겁에 질려 도망치려 했다.

그때 "멈춰." 하는 소리가 그의 등 뒤에 울려 퍼져 움직일 수가 없

레슨

었다.

백두는 근엄하게 일렀다.

"이리 와서 앉게. 자네는 나의 조언을 들어야 하네. 고향에 가고 싶다면 말이야. 먼저 내 눈에서 나오는 인광(燐光)은 이제부터 자네 것이네. 이것이 고향 가는 길잡이가 되어 줄 걸세. 잊지 말고 꼭 이 인광(燐光)을 가져가야 하네."

백두는 다시 한번 용수에게 다짐을 받기 위해 재차 강조했다.

용수는 백두 영감 앞에 앉았다. 잠시 동안 정적이 흘렀다.

백두가 먼저 입을 열었다.

"여기 오는 길이 매우 험난했지? 그리고 날씨도 자네가 여기로 오는 길에 적잖은 고통을 주었을 거야."

백두는 부드럽게 이야기했다.

용수는 아무 말 없이 백두 영감의 얼굴만 빤히 쳐다보았다. 백두는 미소를 지으며 계속 말을 이어 나갔다.

"지금 자네가 걸어왔던 길과 날씨는 온전히 자네의 것이지. 지금 바깥의 날씨와 길은 모두 자네가 만든 거라네."

용수는 백두 영감의 말을 이해할 수 가 없었다.

"저는 그런 적이 없습니다. 제가 어떻게 이 별의 날씨와 길을 만들 수 있습니까?"라고 묻자 백두 영감이 말을 했다.

"비탄의 왕에게 했던 말과 똑같이 하는군. 역시 자네는 예전에 자네가 했던 생각과 말을 완전히 잊은 듯하네! 자네가 저지른 일을 계속 부정하는 한 자네는 영원히 고향에 돌아갈 수가 없네."

회색별 하늘의 색깔은 수시로 변하고 있었다. 흰색, 까만색 그리고 회색으로 말이다. 회색별은 하늘의 색을 검은색, 흰색, 회색 이 3가지 색으로만 반복적으로 변하게 했다. 흰색은 행복으로 까만색은 절망과 고통으로 회색은 혼란의 색으로 말이다.

회색별은 희망이 사라질 때 언제든지 나타난다. 진실을 왜곡하려는 마음이 일어나면 이 별은 회색빛으로 변한다. 혐오와 부정하려는 생각을 하면 회색빛으로 변한다. 나를 사랑 하지 않는 마음이 조금이라도 일어난다면 회색빛으로 변한다. 타인에게 오만함과 질투를 일으키려 할 때 회색빛으로 변한다. 나 자신을 속이고 싶은 욕망이 일어날 때 회색빛은 더욱 반짝인다.

회색별은 어느 누구도 자신만의 별을 찾지 못하도록 혼란의 빛을 더욱 강하게 보낸다. 왜냐하면 회색별에는 애초부터 나의 별을 찾기 위한 길잡이 빛이 존재하지 않기 때문이다. 오로지 회색별은 검은 별과 하얀 별만을 선택하도록 무의미한 혼란만 줄 뿐이다. 그래서 회색별은 모순의 별이다. 그러나 나는 회색별을 피할 수가 없다.

왜냐하면 회색별 역시 내가 선택한 수많은 별들 중 하나이기 때문이다. 다만 힘겹지만 회색별을 인정하는 것만이 회색빛을 다른 빛으로 바꿀 수 있는 유일한 방법임을 조금씩 이해했다.

8. 위선자

용수는 어쩔 수 없이 회색별에 잠시 머무르기로 했다. 회색별은 낮과 밤이 따로 없었다. 이곳의 날씨는 언제나 뿌연 회색 안개가 걷히지 않는 곳이기 때문이다. 용수는 천천히 걸어 시내로 향했다. 한참을 걷고 있는데 누군가 용수를 불렀다.

"어이, 용수. 반갑네. 정말 오래간만이군."

빨간 여우, '혐오'였다.

그의 몸과 얼굴은 빨갛다. 왜냐하면 그는 진실을 만나면 화를 내는 고약한 습성이 있기 때문이다. 용수는 기억이 났다.

'그래. '혐오', 정말 꼴 보기 싫은 놈을 여기서 만났군.' 하고 마음속으로 이야기했다.

그는 '혐오'를 피하고 싶어 도망을 치려 했다. 그러자 혐오는 재빨리 용수 앞을 가로 막으며 용수에게 인사했다.

"이봐, 용수. 나야, 나. 너의 절친 '혐오'라고. 늙은 부부 밑에서 오

레슨

랫동안 같이 살더니 나를 완전히 잊었군그래."

용수는 내키지 않는 인사를 했다.

"반가워. 오래간만이야."

용수는 혐오와 벤치에 나란히 앉았다. 잠시 동안 둘 사이에는 정적
이 흘렀다.

용수가 입을 열었다.

"이보게. 혐오. 나는 너를 사실 별로 좋아하지 않아. 왜냐하면 너
는 항상 너 자신을 속이기 때문이지. 너는 진실을 마주할 때 마치 자
애심이 있는 것처럼 보이려고 애를 쓰지만 사실상 너는 모든 진실을
마주할 때마다 무척 고통스러워한다는 사실을 나는 알고 있었어. 그
증거는 너의 붉은 얼굴과 몸이 말을 해 주고 있지.

가끔 케케묵은 너에 대한 잊지 못할 사건이 기억이나. 네가 그 일
을 잊어버렸는지 모르지만 너와 내가 하얀별에 잠시 소풍을 갔을 때
우연히 늙은 느티나무 영감을 만난 적이 있었어. 그때 너는 그를 보
자마자 의기양양하게 너에 대한 터무니없는 자랑을 했었지. 네가 아
주 특별하고 다른 어떤 존재보다도 더 영리하다는 사실을 왜곡하여
지속적으로 떠들어 댔었던 부끄러운 사실을 아마 너는 기억하지 못
할 거야.

그때 가만히 너의 말을 경청하던 늙은 느티나무 영감이 한마디 했지.

"이보게. 여우야, 너는 정말 네 자신에 대해서 모르는구나. 너는 너 자신을 믿지 않잖니? 그리고 너 자신을 모든 존재에게 대단하게 보이게 하기 위해서 탁월한 교활함으로 너를 감추고 있지 않니? 그렇지 않니?"

느티나무 영감에게 정곡을 찌르는 말을 들은 너의 피부는 느티나무 영감에 대한 적개심으로 붉게 변했었지. 그러나 너는 정말 대단하더군. 늙은 느티나무 영감에게 그런 말을 들었음에도 불구하고 너는 자신이 정말 특별한 능력을 가진 여우라는 말을 끊임없이 하고 싶어 미치는 그 모습이 정말 우스꽝스러웠어. 지금도 그때를 생생하게 기억하고 있지."

혐오 역시 지지 않고 용수의 말을 맞받아쳤다.

"밥과 물이 아쉬워 원하지도 않는 노래를 멈추지 않는 광대 같은 새가 나보다 훨씬 더 너 자신에 대해서 모르는군. 이 불쌍한 친구야. 늙은 부부의 기분을 맞추기 위해서 고통스러운 복종을 하는 너 자신이 정말 한심하지 않니? 누가 누구를 책망하는 거지? 자신의 처지도 모르는 주제에 말이야."

용수는 혐오의 말을 듣고 아무런 대꾸를 할 수가 없었다.

"그래. 맞아. 나는 형편없는 새다. 그래서 고향에 가지 못하고 이 회색별에 머물고 있지 않는가? 나에게 닥친 모든 현실을 온전히 이해할 수 있는 능력이 없다는 사실을 깊은 내면에서는 알고 있었지만 겉으로는 지혜롭게 현실을 직시하고 바른 판단을 내리는 시늉만 했을 뿐이었다.

그 이유는 무지한 나 자신을 인정하기 싫었고 타인들에게 특별한 능력을 가진 존재로 인정받고 싶었기 때문이다. 그래서 거짓의 가면을 쓰고 타인의 눈을 속이며 세상의 모든 일을 왜곡된 시각으로만 판단하고 오로지 내가 경험한 사실만 옳다고 떠들어 댔던 것이다.

그리고 잊고 싶었던 가슴 아픈 기억이 떠올랐다. 한때 늙은 부부의 집에는 나와 처지가 같은 암컷 앵무새와 함께 살았었다. 그 앵무새는 매일 같이 노부부에게 매를 맞았다. 왜냐하면 그들이 시키는 대로 노래를 부르지 않았기 때문이다. 그 새와 나는 매일 밤 서로의 처지를 비관하며 이야기를 나누었다. 그 암컷 앵무새는 매우 순진하여 세상에 대해서 나보다 더 몰랐다. 그래서 나는 암컷 앵무새를 가르치기로 했다. 내가 아는 세상의 모든 것에 대해서 말이다.

그 이야기의 주된 주제는 강함, 아름다움, 재능, 정직 같은 것들이었다. 그 암컷 앵무새는 열심히 나의 이야기를 들었다. 그러나 시간이 지나감에 따라 내가 알고 있는 세상에 대한 지식의 끝이 보이기 시작했다. 가끔은 나의 짧은 세상에 대한 지식으로 인해서 이야기가 막힐 때마다 암컷 앵무새는 조금씩 실망스러운 눈으로 나를 바라보았다. 그러한 시선을 느낄 때마다 나는 불안했고 두려웠다. 그 암컷 새가 나를 무시하지 않을까 하는 두려움 말이다.

사실 나의 앎은 이미 바닥이 난 지 오래되었다. 그래서 나는 암컷 새에게 무시당하지 않기 위해서 그녀를 복종시키기 시작했다. 끊임 없는 거짓말로서 말이다. 그리고 그녀 위에 군림하기 시작했다. 그 뒤로 내가 그녀에게 들려주는 모든 이야기는 진실이 아니라 나의 망 상에서 흘러나온 거짓된 사실임을 알면서도 잔인하게도 그 망상들 을 그녀의 마음에 심기 시작했다.

나는 미쳐 갔다. 그리고 그녀를 위한다는 구실을 삼아 점점 나는 폭군으로 변해 갔다. 왜냐하면 나는 그녀를 사랑한다고 굳게 믿었고 내 식대로 가르치는 것이 그녀를 진정 위하는 길이라고 믿었기 때문 이다.

그리고 나의 의무를 그녀의 의무로 만들어 나갔다. 그녀는 점차 나 를 의존하기 시작했고 그녀가 나에게 더욱 강하게 의존한다는 사실 을 느낄 때마다 묘한 쾌감을 느꼈다.

그리고 그녀는 나를 위해서 뭐든지 했다. 노부부에게 폭행을 당하 는 일조차도 그녀가 나를 대신했다. 때로는 그녀가 불쌍했지만 나는 그 일을 멈출 수가 없었다. 왜냐하면 저 깊은 마음속에서는 나는 이 미 그녀를 싫증내기 시작했지만 나는 그녀를 사랑한다고 나 자신을 강하게 세뇌했기 때문이다. 그렇게 끊임없이 나 자신을 속였다.

나의 진심은 그녀를 사랑해야 할 의무가 처음부터 나에게 없었고 그리고 내가 그녀에게 말한 모든 지식들은 모두 거짓이었다고 정직하게 말을 해야 할 의무나 책임감이 나에게는 애초에 없었다.

그렇게 그녀는 나 대신 노부부의 심한 학대와 매질로 인하여 비참하게 죽어 버렸다. 나의 거짓말과 위선 때문에 말이다."

용수는 과거를 생각하며 죄책감에 빠졌다. 그리고 외쳤다.

"나 같은 위선자는 오로지 나의 불편한 감정을 해소하기 위한 거짓된 말과 행동으로 스스로를 혼란에 빠뜨려 그 속에 죄 없는 타인들을 끌어당기고 그들의 힘겨워하는 모습을 보는 것을 낙으로 삼은 불쌍한 존재다. 이것이 나 같은 위선자들의 불편한 진실이다."라고 말이다.

9. 가짜 수행자의 거짓말

용수가 잠이 깨었다. 여전히 세상은 회색 안개로 가득했다. 파도 소리가 들려왔다.

바다의 색은 회색이었다. 회색 바다 내음은 표현하기 힘든 고약한 짠 내를 내뿜었다.

용수는 천천히 일어나 주위를 둘러보았다. 아무도 없었다. 주위는 파도 소리 외에는 아무 소리도 들리지 않았다. 허기가 밀려왔다. 뭐라도 먹어야 할 것 같아 용수는 몸을 일으켜 먹을 것을 찾기 시작했다. 그러나 회색 안개 때문에 앞이 보이지 않아 아무것도 찾을 수가 없었다.

문득 백두 영감에게 받은 인광(燐光)이 생각이 났다. 백두 영감은 인광(燐光)을 용수에게 주며 이야기했다.

"이보게. 용수, 회색별은 자네가 고향을 가기 위해서 반드시 거쳐 가야 할 곳이라네. 회색별에서 얼마나 머물지는 아무도 예상할 수 없지. 그 기간은 오로지 자네만이 정할 수 있기 때문이야. 그래서 내가 자네에게 이 인광(燐光)을 주려 하네. 이 빛은 자네가 고향으로 가기 위한 길잡이가 될 거야. 그리고 이 빛의 조절은 자네가 고향을 가겠다는 간절함의 크기에 따라 그 빛의 강도는 달라진다네. 부디 고향에 가고자 하는 열망을 잃지 말게. 그 열망을 잃어버리면 인광은 빛을 내지 않는다네."

그렇게 말을 하고 백두 영감이 가지고 있는 두 개의 인광(燐光) 중 하나를 용수에게 나누어 주었다.

인광(燐光)에서 서서히 빛이 나기 시작했다. 고향을 생각하는 그의 순수한 열망 때문에 인광의 불이 켜졌던 것이다. 주위가 밝아졌다.

저 멀리 바위에서 누군가 가부좌를 틀고 앉아 있었다. 용수는 바위를 향해 달려갔다. 그곳에는 지저분한 노인이 가부좌를 틀고 반쯤 눈을 뜨고 회색 수평선을 바라보고 있었다. 그의 모습은 너무나 거룩해 보였다. 용수는 말없이 그의 옆에 앉아 그와 같이 회색 수평선을 바라보았다. 긴 시간이 흘러 노인이 일어났다. 그리고 그는 용수를 바라보았다.

노인이 물었다.

"자네는 누구인가?"

용수가 대답했다.

"저는 앵무새 용수입니다."

"왜 여기 왔는가?"

그가 물었다.

용수가 대답을 했다.

"고향에 가기 위해서 여기에 들렀습니다."라고 말이다.

노인은 한심한 듯 용수를 바라보며 말했다.

"자네가 생각하는 고향 그런 곳은 없다네. 왜냐하면 자네는 예전부터 고향에 있었기 때문이지."

그리고 말을 마치기 무섭게 그 노인은 일어나 바위 아래쪽으로 걸어 내려가려 했다.

용수는 그의 낡은 옷자락을 부여잡으며 물었다.

"그것이 무슨 말씀이십니까? 고향 따위는 없다니요?"라고 그는 노인에게 소리를 질렀다.

노인은 다시 힘겹게 입을 열었다.

"부정과 타락한 자들의 고향은 정해져 있다네. 검은별, 그곳이 자네의 고향이라면 고향이라고 할 수 있지. 내가 자네를 보아 하니 비참과 슬픔 그리고 두려움으로 가득한 눈을 지녔네. 그래서 자네의 고향은 이미 정해졌네. 검은별, 그곳이 자네의 고향이네. 비탄의 왕의 지배를 받고 슬픔과 절망을 즐기며 영원히 살아가야 하는 것이 자네의 운명이란 말일세."

용수가 다시 물었다.

"당신의 고향은 여기 회색별입니까?"

노인은 대답 대신 이렇게 말했다.

"배고프지 않는가? 용수."

용수는 노인의 낡은 집 툇마루에 앉아 회색 나무 열매를 나누어 먹었다. 이곳의 모든 것들은 단 한 가지 색만을 가지고 있었다. 연한 회색과 진한 회색만이 회색별이 가진 유일한 색이었다.

배가 부른 용수는 다시 노인에게 물었다.

"당신은 왜 여기 삽니까? 원래 당신의 고향은 회색별입니까?"라고 말이다.

노인이 대답했다.

"그렇네. 여기가 내 고향이라네."

"언제부터 여기에 사셨습니까?"라고 용수가 물었다.

노인이 말했다.

"검은별에서 이사 온 뒤로 쭉 여기서 살았네. 아주 오래 전에는 비참의 왕의 지배를 받으며 잠시 동안 검은별에서 살았었지."라고 그는 대답했다.

용수가 다시 물었다.

"그곳에서 사는 동안 행복했습니까?"

노인이 대답했다.

"행복, 나는 그런 것은 터무니없는 망상이라고 생각하네. 행복은 모든 것이 충분하고 만족했을 때 생기는 것이지. 즉 모든 욕망이 충족되어야 진정 행복하다고 말할 수 있지."

용수가 다시 물었다.

"검은별에서는 왜 이사를 하셨습니까?"

"비탄의 왕이 나를 쫓아냈네. 왜냐하면 나는 비탄과 절망을 느낄 줄 모르거든. 비탄과 절망을 느낀다는 것은 스스로 불행하다는 것을 인정하는 것이기 때문이지. 나에게는 불행과 행복 따위는 없네. 그래서 슬픔과 비탄을 느끼지 못하는 것이지. 그 감정은 너무나 고통스럽다."고 말하며 그는 눈살을 찌푸렸다.

용수가 다시 물었다.

"당신은 슬픔과 비탄을 모른다면서 어떻게 그 감정이 고통스럽다는 것을 알지요?"라고 말이다.

노인은 침묵했다.

그리고 용수가 다시 물었다.

"당신은 왜 바위 위에서 가부좌를 틀고 앉아 수평선을 바라보고 있습니까?"

노인이 눈물을 글썽이며 말했다.

"언젠가 떠오를 회색빛이 아닌 하얀빛을 보기 위해서 그곳에 매일 앉아 있지. 나는 하얀빛이 너무 보고 싶거든."

"왜 그 빛이 보고 싶습니까?"라고 용수가 물었다.

노인이 말했다.

"아름다울 것 같기 때문이지."

용수가 또 물었다.

"아름다움이 왜 보고 싶습니까?"

노인이 대답했다.

"내 안의 회색빛을 지울 수 있을 것 같은 희망을 느끼고 싶기 때문이네."

용수가 물었다.

"희망이 무엇입니까?"

노인이 다시 대답했다.

"내 마음의 거울이 맑아지기를 바라는 것이지."

용수가 다시 물었다.

"맑아진다는 것은 무엇입니까?"

노인은 슬픈 눈으로 절규하듯 말했다.

"그만하게. 너무 고통스럽네. 지독스러운 슬픔과 절망이 나를 흔들고 있단 말이네."

용수가 한숨을 쉬며 이야기했다.

"당신은 슬픔과 비탄을 느낄 수 있군요. 그리고 당신은 행복을 절실히 갈망하고 있고 진짜 고향에만 존재하는 희망의 빛을 절실히 갈구하고 있군요."

노인은 고개를 떨구고 아무 말도 못 했다.

10. 용수의 고백

용수는 쾌락을 즐기는 비루한 새이며 비뚤어진 욕망을 품은 속이 검은 새였다. 그는 자신의 욕망을 채우기 위해서 수많은 다른 새들을 화려한 말솜씨와 몸짓으로 그들을 현혹시켰다. 왜냐하면 용수는 그들의 왕이 되고 싶었기 때문이다. 용수의 쾌락에 대한 집착은 가히 병적이었다. 쾌락에 오염된 그의 영혼은 왜곡된 욕망을 먹고사는 에고를 만족시키는 삶을 살기를 원했다. 그 삶은 용수가 생각한 가장 위대한 삶이었다. 그래서 위대한 삶을 살기 위해서는 만나는 모든 존재들의 맑은 영혼을 에고의 먹이로 이용하는 것이 유일한 길이라고 그는 굳게 믿었다. 그의 병든 영혼은 온종일 에고를 만족시키기 위한 일에만 집착했다.

돈, 명예, 권력은 용수의 에고가 가장 좋아하는 삐뚤어진 욕망의 먹잇감들이다. 본래 그것들은 용수의 순수했던 영혼과는 아무 상관

없는 것들이다. 왜냐하면 돈은 그냥 돈일 뿐이고 명예는 존재하지 않는 허상일 뿐이기 때문이다. 용수의 에고는 돈과 명예를 자신의 욕망을 만족시키기 위한 도구로 이용하여 동물의 왕국의 제왕이 되고 싶었다. 그는 많은 돈으로 다른 동물들을 유혹하는 망상을 했다. 보석 왕관을 쓰고 금과 각종 보석으로 화려한 치장을 한 궁전에서 수많은 동물들이 자신에게 머리를 조아리고 있는 즐거운 망상을 말이다. 그는 이미 망상 속에서 동물의 왕국 제왕이 되었다. 그는 '이간질이 능수능란해야 진정한 왕이 되는 길.'이라고 망상 속 제왕의 집무실에서 혼잣말을 했다.

그의 이간질 때문에 많은 동물들이 그의 곁을 떠나갔다. 제왕 용수의 가슴속은 항상 원한과 분노에 싸여 자신을 떠나려는 동물들은 모두 응징 해야만 할 배신자들이라고 생각했다. 그래서 그는 자신을 배신한 자들을 죽여야만 자신이 살 수가 있다고 생각하여 자신을 신봉하는 다른 동물들의 혀를 빌렸다. 그리고 억울하게 배신자로 낙인찍힌 그들을 잔인하게 죽이고 그의 악행이 동물왕국 전체에 소문이 날까 두려워 자신을 위해서 혀를 놀린 동물들의 혀를 잘라 자신을 정당화시켰다. 용수는 항상 자신의 모든 선택이 항상 지혜로우며 탁월하다고 자화자찬을 했다.

레슨

용수의 왕국에는 여러 명의 점술사가 있었는데 용수는 그들 점술사들의 망상에서 쏟아지는 말을 진정으로 믿었다. 그 점술사들이 불행을 예고하면 용수의 동물왕국은 피로 물들었다. 행복을 예고하면 갑작스럽게 나라 잔치를 벌여 동물의 왕국 백성들을 위로했다. 그리고 다시 돌변하여 용수는 갑자기 칼을 들고 술을 마시며 즐기고 있는 자신의 신하들의 목을 베었다. 용수의 왕국 시민들은 그렇게 점점 미쳐 갔다.

　용수 안의 병들은 에고는 타인을 죽인 것이 아니라 결국은 자신을 죽였다. 그의 에고는 때로는 성군이 되고 때로는 폭군이 되어 순간순간 바뀌는 그의 혼란스럽고 복잡한 감정을 스스로 조절할 수 있는 능력을 잃어버렸다.

　용수는 회색별에 머무는 동안 자기 자신에 대해서 조금씩 알아가고 있었다. 늙은 부부를 만나고, 자신을 버린 엄마를 만나게 된 모든 일은 용수 자신이 선택했다는 사실을 말이다. 용수의 망상의 제국 실체는 그렇게 서서히 드러났다. 스스로 만든 망상의 제국 실체를 볼 때마다 백두 영감이 빌려준 인광(燐光)이 반짝였다.

11. 하얀 바다로 가는 길목에서

밤사이 내리던 회색 비가 그쳤다. 용수는 회색 모래사장에 앉아 회색 바다를 물끄러미 바라보고 있었다. 그의 주위로 원숭이들이 몰려들기 시작했다. 원숭이들의 색깔이 매우 다양했다. 빨강색, 검은색, 파란색, 녹색의 원숭이들이 용수가 그들 쪽으로 감정의 눈빛을 보낼 때마다 날뛰었다. 용수가 화가 나 있으면 붉은 원숭이가, 용수가 우울하면 검은 원숭이가 날뛰었다. 특히 노란색 원숭이는 매우 간악했다. 그 원숭이는 용수의 눈치를 보고 그의 기분에 따라 용수와의 거리를 조절했다. 그는 정당한 이유 없이 용수의 생각에 따라 그의 색깔을 자유자재로 바꾸었다. 그는 특유의 오만함과 간악함의 화려한 색을 내뿜으며 그의 생각이 항상 올바르다는 것을 용수 앞에서 강압적으로 증명하려고 했다. 노랑 원숭이는 합리화의 달인이었다.

사실 용수는 자신의 주위에 그렇게 많은 원숭이들이 날뛰고 있는 줄 몰랐다. 원숭이들이 돌아가며 용수에게 속삭였다.

"하얀 바다로 가지 마라. 우리랑 여기 회색별에서 영원히 같이 살자. 우리는 아주 오래전부터 너를 떠난 적이 없는 진실한 너의 친구들이야. 제발, 용수야. 수평선에서 눈을 떼고 옛날처럼 우리를 쳐다봐 다오. 제발."

그들은 용수에게 끊임없이 말을 걸었다.

과거 용수는 들리는 모든 소리와 보고 있는 다양한 색깔의 원숭이가 모두 자기 자신이라고 생각했었다. 아주 오래전부터 용수는 그들과 함께 살았었다. 자신의 무지 때문에 말이다.

용수의 의지가 서서히 약해지기 시작했다. 그리고 차츰 원숭이들의 잡담에 자신도 모르게 귀를 기울이기 시작했다.

'그래. 회색별도 며칠 살아 보니까 그렇게 나쁘지 않아. 그냥 여기서 살까?' 하는 생각들이 서서히 용수의 내면을 검게 물들이기 시작했다.

그때 용수가 가지고 있는 인광(燐光)의 불빛이 점점 약해졌다.

그 순간 어디선가에서 커다란 불호령이 떨어졌다.

"용수, 이놈아. 정신 차려라. 너는 원숭이들에게 속고 있어. 어서 그 인광(燐光)으로 너의 주위에 있는 원숭이들을 멀리 쫓아 버려라."

백두 영감의 불호령이었다.

그리고 재빨리 인광(燐光)을 들어 주위를 살펴보았다. 원숭이들이 후다닥하고 회색 숲속으로 사라졌다.

12. 레슨

서서히 날이 어두워지기 시작했다. 사실상 회색별에서는 낮과 밤의 경계가 없다. 왜냐하면 이 별은 밝지도 어둡지도 않는 어둑어둑한 저녁과 같은 날의 연속이었기 때문이다.

나무 사이로 무수히 많은 눈빛이 용수를 주시하고 있었다. 용수는 그 눈빛을 느끼는 순간 두려움이 엄습했다. 용수는 힘껏 뛰었다. 한참을 뛰었을까?

"이제 그 무서운 눈빛들이 사라졌겠지?"라고 혼잣말을 하며 주위를 재빠르게 둘러보았다. 그러나 여전히 용수는 그 눈빛 속에서 조금도 빠져 나오지 못했다.

"너희들은 누구냐?"

용수는 두려움에 떨며 고함을 질렀다. 눈빛들은 히죽히죽 웃고만 있었다. 그들은 모두 용수를 비웃고 있었다.

또다시 고함을 질렀다.

"너희들은 누구냐?"

그러자 숲속에서 앙칼진 여자의 목소리가 들려왔다.

"누구긴 누구야. 바로 너지."

그 목소리를 신호로 하여 굵은 남자의 목소리, 아기 목소리, 짐승 소리가 모두 합창을 하며 "누구긴 누구야. 바로 너 자신이지."라고 일제히 외쳤다.

가장 섬뜩하게 반짝이는 눈이 용수에게 한마디 쏘아붙였다.

"우리들은 너의 원형(元型)이다."라고 말이다.

"원형(元型)이라고? 그것이 뭔데?"

용수가 물었다.

그러자 슬픈 아기 목소리가 들렸다.

그는 이렇게 이야기했다.

"원형(元型)은 너의 본모습이지. 너의 거짓 감정과 생각이 생기기 이전의 너의 모습. 그것이 너의 본모습이지. 너는 수많은 삶을 살아가는 동안에 너와 만난 수많은 사람들의 눈속임을 위해서 너의 마음 밖에 두꺼운 가면을 쓰고 너 자신은 그 뒤에 숨어 진실된 너의 원형(元型)을 애써 외면했지.

그러나 그것은 불가능한 일임을 너는 얼마 지나지 않아 깨닫게 될 거야. 왜냐하면 네가 어떤 상황을 만나면 언제든지 너의 깊은 곳에 숨어 있는 우리가 너를 방해할 준비가 되어 있거든."

아기가 힘없는 목소리로 이야기했다.

용수는 도저히 아기의 말을 이해할 수가 없었다.

그러자 동시에 쇳소리 같은 여자의 목소리가 계속 이야기했다.

"너는 나를 무시했기 때문에 너에게 고통을 주는 부모를 만났고 너를 늙은 부부에게 헐값에 팔리게 되는 고통을 겪게 했지. 그 이유는 모두 네가 나를 무시했기 때문이다. 알겠니?"

용수가 물었다.

"내가 언제 너를 무시했지?"

그 여자는 낄낄거리며 이야기했다.

"너는 나의 경고를 무시했어. 그 경고는 말이지. 너에게 다가온 수많은 사람들을 매몰차게 무시하고 항상 그들 위에 군림하려고 했지. 그들은 단지 너에게 친절과 존중만 필요했을 뿐인데 너는 그 진심을 알지 못하고 마치 노예처럼 그들을 부려먹었지. 그 대가를 네가 받았을 뿐이야. 그리고 내일 태어날 아이들을 태어나지 못하도록 무서운 칼로 그들을 죽여 버렸지. 너는 그런 잔인한 놈이야."

그 말을 들은 용수는 혼란에 빠지기 시작했다.

그리고 용수는 절규했다.

"나는 그런 적이 없어. 고통을 당한 쪽은 항상 나였단 말이야."라고 큰 소리로 절규했다.

그러자 목소리들이 다 함께 합창을 했다.

"어리석은 한 마리 가련한 새여.

태초부터 너는 언제나 존재해 왔는데 왜 지금만을 생각하니?

아주 먼 옛날부터 네가 있었기에 지금의 네가 있다네.

왜 그것을 모르니. 이 바보 같은 새야.

그 사실을 깨닫지 못한다면 영원히 너는 고향에 가지 못하리."

용수는 생각했다.

'고향에 가지 못한다고? 왜? 태초부터 내가 있었다고?'

도무지 그는 이해할 수 없었다.

'지금의 내 모습이 태초의 나의 원형(元型)에서 만들어진 모습이라고? 도대체 뭐가 뭔지 알 수가 없어. 애들아 내가 알 수 있도록 다시 한번 노래를 불러 다오.'

용수는 마음속으로 크게 외쳤다.

다시 합창의 소리가 들렸다.

"네가 원한다면 다시 한번 너의 노래를 불러 주지.

너는 너를 배우지 않는다면 너는 고향으로 돌아가지 못하리.

고향 가는 길은 너를 배우는 순간부터 비로소 너는 그곳으로 갈 수
있지.

너를 배우라.

어리석은 용수여."

이 노래를 들은 용수는 간절하게 기도를 시작했다. 자신의 태초의
모습을 보게 해 달라고 말이다.

용수는 결심을 했다. 힘겨운 레슨을 시작하기로 말이다. 진정 자신
의 본모습을 보기 위한 레슨을 말이다.

13. 회색별 속에서 속삭이는 자

하늘의 색깔이 더욱 짙은 회색으로 변하고 있었다. 용수는 극심한 불안감이 엄습해 왔지만 그는 좁디좁은 길을 힘겹게 걷고 있었다. 그 길의 색깔은 용수의 숨소리의 리듬에 따라 그 색이 밝았다가 다시 어두워지기를 반복했다. 색의 밝기 변화가 반복되는 좁은 길 때문에 용수의 감정은 심하게 요동치고 잠시 가라앉기를 멈추지 않았다. 용수는 자신도 어쩌지 못하는 그 감정 때문에 더욱 고통스러웠다. 그 고통 사이로 조용하게 짙은 회색 바람이 그를 휘어 감았다. 그리고 부드러운 목소리로 유혹했다.

"용수, 힘들면 더 이상 앞으로 나가지 마. 그냥 이곳에 가만히 있어. 그리고 노래만 불러. 예전처럼 말이야. 새장 속에서 한 발짝도 움직이지 못하고 노래만 부르는 네 모습이 진실한 너야. 가지 마. 그곳은 너의 고향이 아니야."

회색 바람의 잔잔한 목소리를 들은 용수는 털썩 주저앉고 말았다.

회색 바람이 기뻐했다.

"그래. 용수야, 잘했어. 그 자리에 가만히 앉아 마음대로 망상하는 그 모습이 진짜 네 모습이야. 잘하고 있어. 용수야."

회색 바람이 용수를 힘껏 끌어안았다. 다시는 용수가 도망을 가지 못하도록. 그리고 용수는 회색 바람의 품 안에서 잠들었다.

"땡땡땡!" 어디선가 종소리가 울린다.

용수는 잠에서 깨어났지만 몸을 움직일 수가 없었다. 회색 바람이 그를 힘껏 껴안고 있었기 때문이다. 용수는 그의 품속에서 빠져 나와야만 했다. 지금 들리는 종소리는 자신을 부르는 소리가 틀림없음을 직감적으로 그는 느꼈기 때문이다. 그래서 더욱더 회색 바람의 품 안에서 힘겹게 몸부림을 쳤다. 그런데 신기하게도 용수가 회색 바람의 품 안에서 빠져나오기 위한 노력을 하면 할수록 회색 바람의 힘이 약해졌다. 그리고 이내 회색 바람이 회색 구름 사이로 날아가 버렸다.

그리고 회색 하늘에서 회색 바람의 목소리가 들려왔다.

"용수, 나는 영원히 너를 떠나지 않고 너의 곁에 머무르며 속삭일 거야. 네가 고향에 가지 못하도록 말이야."

회색 바람의 손아귀에서 벗어난 용수는 종이 울리는 쪽으로 힘껏 달렸다. 그러나 달리면 달릴수록 종소리는 더욱 용수의 곁에서 멀어져 갔다.

용수가 걸음을 멈추었다. 알 수 없는 검붉은 연기가 메케한 냄새를 뿜어내며 그의 곁으로 천천히 다가오는 것을 보았기 때문이다. 그 연기는 넓고 크게 번지며 용수를 휘어 감고 뜨거운 열기를 뿜어내며 검붉은 혓바닥으로 용수를 핥기 시작했다. 그의 냄새나는 혀가 용수의 몸에 닿을 때마다 용수는 고통스러웠다.

용수는 고통에 겨워 절규했다.

"그만 멈춰. 멈추라고! 당신의 검붉고 날카로운 혓바늘이 나의 몸을 사정없이 찌르고 있다고! 제발 멈춰. 당신의 혓바늘이 나의 몸을 찌를 때마다 고통스러운 기억이 되살아나 나의 마음을 아프게 한단 말이야."

용수는 너무 아파 울었다.

"흐흐흐."

어디선가 비열한 웃음소리가 들렸다.

"당신은 누구십니까?"

용수가 묻자 비열하고 냄새나는 검붉은 연기가 대답했다.

"누구긴 누구야. 너의 친구, 분노의 불이지. 너를 한동안 지켜보았는데 너는 오랜 친구들을 너무 무시하는 것 같아. 어이없게도 회색바람, 붉은 여우, 원숭이 같은 너의 절친들을 못 알아보다니. 너는 아무리 봐도 배은망덕한 친구야. 어떻게 본래의 네 모습을 알려 주는 친절한 동무들을 잊고 살 수 있지? 그래서 우리를 다시는 잊지 말라고 나의 혓바닥으로 너의 기억을 상기시켜 주고 있었지. 다시는 우리 곁을 떠나서도 안 되고 말이야. 어때? 나의 검붉은 혓바늘이 효과가 좀 있었나?"

용수는 말없이 눈꼬리가 하늘로 치솟은 험상궂은 분노의 불의 눈을 물끄러미 바라만 보았다. 그러자 분노의 불은 겸연쩍은 듯 회색 숲으로 사라졌다.

그리고 다시 종소리가 울렸다.

분노의 불을 만난 후 용수에게는 작은 깨달음이 생겼다. 분노의 불과 회색 바람 그리고 원숭이와 여우를 말없이 바라보아야만 그들이 사라진다는 사실을 말이다. 그리고 용수는 다시 걷기 시작했다. 종소리가 들리는 쪽으로.

14. 회상

용수는 바다를 물끄러미 바라보았다.

'오늘 바다 색깔은 흑색이다.'

용수는 속으로 중얼거렸다.

'어둡구나. 바다가 어둡구나.'

그는 계속 중얼거렸다.

멀리 수평선 위로 교활한 여우의 얼굴이 보였고 분노에 가득 찬 늑대의 모습도 보였다.

용수는 속으로 중얼거렸다.

'늑대와 여우가 나타났구나. 그래! 어쩌면 여우와 늑대는 과거의 내 모습일지도 모른다.'

그는 늑대와 여우를 바라보았다. 그냥 가만히 바라보기만 했다. 여우와 늑대는 항상 멀리 가지 않고 용수의 주위에서 언제나 그와 함께 살고 있었다. 사실 용수는 늑대와 여우를 본능적으로 그리워했다.

왜냐하면 그들은 모두 오래전부터 한집에서 같이 살아온 가족들이었기 때문이다.

용수는 문득 옛 기억이 생각났다. 늑대와 여우와 함께 살 때 찰나의 순간 하얀빛을 보았던 기억 말이다. 그 빛은 하얀 태양에서 반사된 빛이었다. 용수는 그때 하얀빛이 주는 축복을 무시했다. 왜냐하면 늑대와 여우가 하얀빛을 가로막고 있었기 때문이다. 검은빛을 가진 동물의 마음속에는 밝은 빛이 들어올 수 없기 때문이다.

오래전부터 용수는 늑대와 여우의 탈을 필요에 따라 바꾸어 가며 빌려 쓰며 살았다. 그것이 회색별에서 검은빛 동물 가족들과 함께 살기 위한 규칙이었기 때문이다. 그러나 지금 그의 모습은 처량한 한 마리 새의 모습을 하고 있다. 그는 처음으로 자신의 본모습을 진지하게 바라보았다.

그리고 자신에게 말했다.

"지금 나의 모습은 초라한 한 마리 앵무새 새일 뿐이구나. 왜 내가 이런 비루한 앵무새가 되었을까?"라고 말이다.

용수는 태초에 자신이 살았던 삶의 원형(原形) 속으로 들어갔다. 그 속에는 지난날 용수의 모습은 없었다. 왜냐하면 그는 육체를 가지고 있지 않은 단순한 빛이었기 때문이다. 그 빛은 자유롭게 우주 속 무한한 공간을 누비고 다녔다.

어느 날 용수는 자신보다 더 자유롭게 어둠과 밝음 사이를 빠르게 날아다니는 검은빛을 보았다. 그 모습이 용수는 너무나 부러웠다.

　용수는 생각했다.

　'저 빛은 나보다 더 빠르고 자유롭게 어두운 곳과 밝은 곳을 날아다니는구나. 나는 저 검은빛보다 자유롭지도 빠르지도 않아.'

　용수는 자신을 검은빛과 끊임없이 비교했다. 하얀빛의 공간 속 자유를 이미 충분하게 누리고 있음에도 불구하고 그는 더 많은 자유를 갈망하였다. 그래서 검은빛을 따라다니기 시작했다. 검은빛은 여전히 어두움과 밝음의 공간을 자유롭게 다니고 있었고 용수는 밝은 공간 속에서는 자유롭게 다닐 수 있지만 어두운 공간 속은 도무지 들어갈 수가 없었다.

　용수는 너무나 답답해서 검은빛에게 물었다.

　"나도 당신처럼 어두운 공간과 밝은 공간을 자유롭게 날아다니고 싶어요. 어떻게 하면 당신처럼 될 수 있지요?"

　그러자 검은빛이 말을 했다.

　"너는 불가능해. 왜냐하면 너는 교만하지 않거든. 그리고 욕심도 없잖아. 분노와 화 역시 없고 말이야. 그래서 너는 나처럼 자유롭게 여행하는 것은 불가능해. 그러나 진정 네가 나처럼 자유롭게 이 빛, 저 빛 속으로 날고 싶다면 교만, 분노, 슬픔의 동물들과 가족으로 함께 오랫동안 살아야 하고 너의 빛을 끊임없이 우울한 회색빛으로 스스로 만들어 가는 수련을 1만 년 정도 한다면 나처럼 되는 것이 어쩌면 가능할지 몰라."

그렇게 이야기하고 검은빛은 사라졌다.

용수의 내면에 기록되어진 태초의 기억은 바람처럼 사라졌다.

용수는 후회의 절규를 했다.

"회색별, 이곳은 내가 스스로 만든 감옥별이었어."라고 말이다.

15. 고통의 신호

회색빛은 모진 풍파를 겪으며 본래의 하얀빛으로 돌아가려고 몸부림을 쳤다. 그 몸부림은 차라리 영원히 검은빛 속에서 살고 싶은 유혹과 싸우는 피 비린내 나는 소리 없는 고통의 절규였다.

회색별 공간은 온통 회색 혼란의 매캐한 냄새를 머금고 있다. 그 내음은 내가 하루를 살아내기 위한 피와 땀이 오랫동안 베인 혼란의 기억 냄새였다.

검붉은 기억의 거대한 시궁창 속에서는 아무렇게나 매립되어 겹겹이 쌓인 분노, 원한, 시기, 질투 그리고 교만의 쓰레기가 산이 되어 악취가 진동했다.

회색별의 공간은 그런 곳이었다.

낡은 기억의 필름들은 모두 회색별에 보관되어 우울한 이들의 고통스러운 기억을 끊임없이 상기시켜 혼란스러운 체험을 하도록 도와주는 공간이었다.

그 공간 속에는 수많은 회색 쥐들이 살고 있다. 그들은 우리들의 낡은 기억들을 끊임없이 갉아먹고 살찐 몸으로 뒤뚱거리며 회색 공간 속에서 무겁게 날뛰며 놀고 있었다.

회색별은 우리들을 고통스러운 낡은 기억에서 탈출하지 못하도록 회색 쥐의 날카로운 앞니로 철장을 만들었다.

회색별 속의 회색 쥐들이 나의 냄새나는 기억들을 물어뜯을 때마다 나의 병든 영혼 속에서 그때의 낡은 기억들이 되살아나 나를 아프게 했다. 지금 나는 회색별에서 고통을 배우고 있다.

나는 너무 무지했고 나 자신을 특별한 존재라고만 생각했기 때문에 나를 괴롭히고 있는 이 고통스러운 감정이 왜 일어나는지 그 근본 원인에 대해서 알기 위한 노력을 한 번도 해 본 적이 없었다. 나는 지금 혼란을 동반한 이 고통의 실체를 조금씩 알아가고 있다. 회색별 속의 힘겨운 삶을 통해서 말이다.

회색별은 나에게 아무런 선택권을 주지 않고 혼란만을 일으키게

레슨

한다. 이해할 수 없는 극심한 혼란에서 빠져나오기 위해서는 오로지 내 힘으로 선택을 해야만 한다. 회색별의 혼란은 지독한 무기력을 끊임없이 주기 때문이다. 강력한 무기력은 나의 선택의 의지를 꺾기에 충분한 힘을 가지고 있었다. 나는 선택해야만 한다. 검은빛이든 하얀빛이든 말이다.

16. 그리움

    회색 바닷가에 앉아 있던 용수는 일어섰다. 그리고 그는 다시 한번 자신의 결심을 굳건하게 다졌다. 고향으로 돌아가는 것을 포기하지 않겠다고 말이다. 왜냐하면 이미 그는 조금씩 이 회색별의 실체를 알아 갔기 때문이다. 이 별은 자신이 구겨 넣은 낡은 기억의 저장 창고였다는 사실을 말이다. 그래서 그는 더더욱 고향으로 돌아가야 한다는 결심에 흔들림이 없었다.

    용수는 다시 한번 힘을 내어 길을 걸었다. 맑은 종소리를 향해서 말이다. 용수는 맑은 종소리가 바로 고향에서 자신을 부르는 소리임을 어렴풋이 내면에서 느껴지기 시작했다.

    그리고 그는 하얀빛의 정체가 순수한 어린아이와 같은 마음임을 알았다. 용수는 힘이 나기 시작했다.

레슨

용수의 깊은 내면에서 작은 말소리가 들려왔다.

"그래. 진짜 나를 찾아야 해. 어쩌면 고향에서는 지금도 여전히 맑고 순수한 어린아이들이 뛰어 놀고 있을지도 몰라. 나도 그들과 함께 어울리고 싶어. 진정 어른이 된다는 것은 더욱 많은 어린아이들과 놀아야 하는 거야."

이렇게 용수는 계속 자신에게 주문을 걸듯이 혼잣말을 하며 종소리가 들리는 방향으로 걸음을 재촉했다.

회색별 속의 모든 길은 너무 험했다. 가파른 산과 그 옆으로 절벽으로 둘러싸인 좁은 길들 그리고 끊임없이 내리는 회색 비와 우박 그 모든 것들이 모두 용수만을 향했다. 용수는 점점 지쳐 갔다. 그는 쉬고 싶었지만 쉴 수가 없었다. 용수를 위한 쉴 공간은 그 어느 곳에도 없었기 때문이다. 회색별 공간에서는 용수가 종소리와 만나지 않도록 하기 위해서 더욱 거세게 우박과 비바람으로 그를 공격했다.

용수는 그 자리에 털썩 주저앉아 버렸다.

그리고 혼잣말을 했다.

"이대로 나는 영원히 종소리를 만나지 못하고 영원히 이 회색별에서 살아야만 하는가? 아! 종소리가 듣고 싶다. 그 맑고 청아한 소리를 다시 들을 수 있다면 나는 다시 한번 힘을 낼 수 있을 텐데."

그러나 그리운 종소리는 용수의 곁을 아직 떠나지 않은 듯하다. 그의 내면에서는 여전히 종소리가 들리고 있기 때문이다. 내면에서 멈춰지지 않은 종소리는 그에게 용기를 잃지 않도록 기운을 북돋워 주었다. 종소리에 대한 그리움을 간직하는 것만으로도 그를 일어서게 했다. 너무나 간절하게 종소리를 만나고 싶은 그리움이 그를 다시 종소리가 있는 쪽으로 향하게 했던 것이다.

17. 만남을 위하여

그는 간절하게 종소리와 만남을 바랐다. 그러나 그 만남에 집착하면 할수록 종소리는 멀어져 갔다. 왜냐하면 그에게는 너무 많은 기억들이 회색 구름 속에 저장되어 있기 때문이다.

그는 생각했다.

'만약 회색 구름 속에 있는 나의 오래된 기억들을 모두 지울 수 있다면 맑은 종소리와 만날 수 있지 않을까?'라고 말이다.

그러나 그 역시 그의 생각일 뿐이다. 왜냐하면 그에게는 아직 회색 구름 속을 청소할 수 있는 힘이 없기 때문이다. 이 상황에서 종소리를 만나는 것은 그저 한낮의 꿈과 같았다.

문제는 낡은 기억이다. 그 낡은 기억은 회색별 속의 구름 사이에서 비추는 검은빛과 함께 그의 어깨를 무겁게 짓누르는 짐이 되어 그의 힘을 소모시켰다.

낡은 기억 속에는 분노에 굶주린 늑대, 교활한 여우, 욕심 많은 회색 쥐 그리고 잠시도 가만있지 못하고 용수의 낡은 기억의 나무 사이를 옮겨 다니며 변덕스러운 노란 기억들을 먹고 사는 원숭이 등 많은 짐승들이 용수의 기억을 물어뜯기 위해 호시탐탐 노리고 있었다. 그 모든 두려움과 불안한 감정적 고통을 혼자 감내해야 하는 용수는 지쳐 있었다.

용수의 낡은 기억을 먹은 짐승들은 불편한 감정의 썩은 냄새를 가득 머금은 배설물을 쏟아내어 그의 영혼을 혼탁하게 만들었다. 그 배설물 속에는 감정적 혼란에 빠뜨리는 맹독이 숨겨져 있기 때문이다. 그들은 용수의 기억을 먹고 없애기만 하는 것이 아니라 배설물을 통해서 낡은 기억과 함께 망상의 가지를 뻗도록 하기 위한 영양분이 되도록 했다.

용수는 직감적으로 알아차렸다. 이 악순환을 해결할 수 있는 유일한 길은 맑은 종소리를 만나는 길밖에 없다고 말이다.

그는 "종소리를 만나기 위해서 어떻게 해야 할까?"라고 스스로에게 끊임없이 자문했다.

그러나 도무지 그 해답을 찾을 수가 없었다.

용수는 종소리를 만나기 위한 방법을 찾아야만 했다. 그 방법을 찾기 위한 생각에 집중하면 할수록 더럽고 사나운 짐승들이 슬금슬금 그의 주위로 몰려왔다. 용수는 두렵고 초조해졌다. 그는 짐승들을 피해서 도망치고 싶었지만 그러지 않았다. 왜냐하면 종소리를 만나기 위해서는 더러운 짐승들과의 직면이 필수라는 사실을 알았기 때문이다. 그만큼 종소리를 만나고자 하는 그의 간절한 마음이 더욱 컸기 때문이다. 간절함은 자유롭게 감정을 표현하고자 하는 의지를 박탈당한 슬픔을 아는 자만이 받을 수 있는 행운의 선물임을 용수는 회색별의 삶에서 배웠기 때문이다. 그래서 그는 잃어버린 순수함을 되찾을 수 있다는 열정과 믿음이 강했기에 그 힘든 가시밭길을 기꺼이 멈추지 않고 걸을 수 있었다.

쓰레기 같은 탐욕, 자부심, 자만심, 질투와 시기가 검은 구름 어디에 있는지 모르지만 그는 오로지 맑은 종소리만이 검은 구름을 걷히게 하고 순수함을 되찾게 할 수 있다는 그 믿음만으로 종소리를 향해서 걷고 또 걸었다.

용수는 점점 지쳐 갔지만 결코 걸음을 멈출 수가 없었다.

한참의 시간이 흘렀을까? 희미한 종소리가 점점 크고 확실하게 들려왔다.

"댕댕!"

종소리의 굵은 음색과 긴 여운이 용수의 귓전을 강하게 울렸다. 그 웅장한 소리는 용수의 영혼을 자극했다. 그 소리는 그를 끊임없이 괴롭히는 검은 구름 속 낡은 기억의 고통을 점점 사라지게 했다. 그에게 맑은 영혼이 서서히 고개를 내밀고 있었다. 용수는 마지막 젖 먹던 힘을 내어 소리가 나는 쪽으로 뛰었다. 종소리가 강하게 들리는 쪽으로 말이다.

용수는 걸음을 멈추었다. 그는 언덕 정상까지 종소리를 쫓아 올라왔기 때문이다. 이곳은 소리 그 자체의 언덕이었다. 그렇다. 이 언덕은 소리언덕이었다. 맑고 청아한 소리만을 간직한 그 소리언덕 말이다. 그가 알고 있던 종소리가 아니었다. 그 소리는 이 언덕 전체에서 울려 퍼진 것이다. 그래서 소리언덕은 고향을 가기 위한 자들을 위한 출발선이 되었던 것이다. 여기는 오로지 이 언덕의 소리를 길잡이 삼아 고향으로 돌아가기를 갈망하는 자들이 모이는 장소였다.

레슨

18. 빛과 소리와의 대화

용수는 언덕 위의 안락의자에 앉아 생전 처음 느껴 보는 편안함과 따뜻한 햇볕을 온전하게 느꼈다. 그는 스르르 잠이 들었다.

용수는 어두운 터널 같은 곳을 두려움에 떨며 걷고 있었다. 터널 안에 서는 남녀들의 고통스러운 비명 소리가 들려왔다.

그리고 어디선가 중후하고 날카로운 목소리가 들려왔다.

"나에게 복종하라. 그러면 너희들에게 기꺼이 내가 자비를 베풀 것이다."

비명 소리는 그의 협박에 굴복하지 않기 위한 처절한 절규의 음성들이었다.

터널 안의 낡은 벽 틈에서 붉은빛이 핏물처럼 쏟아져 내려왔다. 그 빛은 용수를 향해서 물밀 듯이 달려들고 있었다. 용수는 자신도 모르게 비명을 질렀다.

그리고 또다시 그에게 날카로운 목소리가 들렸다.

"용수야. 나를 경배하라. 만약 나를 받들지 않는다면 너는 이 붉은 피의 빛 속에서 영원히 헤어 나오지 못하리라."

목소리의 주인은 비탄의 왕이었다.

용수는 소리를 질렀다.

"나는 절대 너에게 당하지 않겠다. 어디 해 볼 테면 해 보라. 너의 어두운 빛은 밝은 태양 앞에서는 아무런 힘도 쓰지 못하는 허상일 뿐이다."

그러자 어두운 터널은 사라지고 밝은 태양과 함께 아름다운 선율의 음악이 들려왔다. 그리고 그 음악에 박자를 맞추듯 맑은 언덕의 소리도 함께 들려왔다.

용수는 무심코 하늘을 보았다. 따사로운 햇살이 하늘에서 내려와 그의 몸을 감쌌다. 그는 대지(大地)의 어머니 품 안에 순식간에 안겨 버렸다.

그 빛이 용수에게 말을 했다.

"용수야. 나다. 너를 너무나 오랫동안 못 만나서 그런지 너를 어떻게 불러야 될지 모르겠구나. 앵무새라고 불러야 할지 아름다운 소년이라고 불러야 할지 아니면 포악한 권력자라고 불러야 할지 모르겠다."

용수는 그 빛의 소리를 이해할 수가 없었다.

용수가 "포악한 권력자와 아름다운 소년이 나랑 무슨 상관이 있냐?"고 빛에게 물었다.

빛이 대답했다.

"너는 오랜 시간동안 수많은 모습을 하고 살았었지. 아마 너는 전혀 기억을 하지 못할 거야. 그러한 모든 삶은 네가 선택한 삶이었지. 지금 네가 앵무새의 모습을 한 것도 네가 선택한 삶이란다. 모두 네가 원한 것들이었지."

그리고 계속 빛의 소리가 말을 이어 갔다.

"방금 이 소리언덕에 도착하자마자 검은 터널 꿈을 꾸었을 거야. 그것은 꿈이 아니라 과거에 네가 만든 삶의 소리란다. 다시 말해서 네가 과거에 생각했고 행동했던 것들이 이미지와 소리로써 너에게 보여지고 들려진 거야. 지금 내가 너에게 들려주는 말도 오래전 네가 했던 이야기지. 본래 너는 하얀빛이었으니까."

용수는 도무지 믿어지지 않았다.

그러자 다시 부드러운 소리가 들렸다.

"믿지 않는군. 아마 내 말을 믿지 않는다면 너는 고향에 갈 수 없을 거야. 고향에 가기 위해서는 간절한 믿음과 너의 과거 모든 삶을 받아들여야 하거든. 그나마 나를 만날 수 있었던 것도 실낱같이 남아 있는 너의 믿음 때문이지. 그것 역시 네 안에 항상 있었지."

용수가 잠이 깨었다. 정말 이상한 꿈을 꾸었다. 그렇지만 꿈이라고 하기에는 너무 생생했다. 그는 햇빛이 했던 말을 곰곰이 되씹어 보았다.

"아름다운 소년의 모습, 포악한 권력자 그리고 지금 내 모습인 앵무새의 모습이 모두 내가 선택했던 모습이라고? 만약 그것이 사실이라면 내가 어떻게 해야 하지?"

용수는 혼란스러웠다.

그 순간 또다시 아까 그 햇빛의 소리가 들려왔다.

"용수야. 좀 전에 내가 이야기했잖니? 믿음을 가져야 해. 고향에 돌아가고 싶으면 말이야. 그리고 네 안에 있는 모든 생각과 감정들을 모두 지워야만 하고 동시에 낡은 너의 가면을 벗어야만 청결의 문을 통과할 수 있어. 그 문은 매우 좁기 때문에 좁은 문이라고도 불러. 너의 낡은 가면과 생각과 감정을 모두 모두 없애지 않으면 그 문을 통과하기 어려워. 그래서 믿음을 가져야 해. 그러면 나는 너를 도울 수 있어. 절대적으로 나를 믿으면 너는 좁은 문을 통과하여 너의 본모습을 찾을 수가 있어. 고향은 네가 청결한 모습으로 회복되었을 때 비로소 네 눈에 보일 거야."

용수는 깜짝 놀랐다.

"꿈이 아니었어. 진정 꿈이 아니었어."라고 그는 혼잣말을 했다.

그는 햇빛의 말을 믿기로 했다.

　　　　　　　　　　　　　　　　　　레슨

19. 좁은 문

 햇빛의 소리와 헤어진 용수는 맑은 소리언덕과 연결된 오솔길을 걸었다. 한참을 걷던 용수는 목이 말라 왔다.

 "아! 목이 말라 시원한 물을 마셨으면 좋겠는데."라고 혼잣말을 중얼거렸다.

 오솔길을 걸어가는 동안 자연이 들려주는 맑고 청하한 원초적 소리와 함께 걷고 있기 때문인지 용수는 크게 힘들지 않았다. 한참을 걸어가자 탐스러운 사과가 열린 사과나무를 보았다.

 용수는 기쁜 미소를 지으며 '목도 마르고 배도 고픈데 여기서 사과나 몇 개 따 먹고 가야겠어.'라고 생각하고 한달음에 사과나무를 향해 달려갔다.

 그는 사과나무 아래에 도착하자마자 주렁주렁 탐스럽게 열린 사과를 정신없이 따먹었다. 용수는 사과를 너무 많이 먹은 탓인지 배가 산처럼 불러 숨을 쉴 수 없을 정도가 되었다. 부른 배를 두드리며 지나온 언덕길을 바라보고 있는 용수의 표정은 한결 밝아졌다. 멍하니 아름다운 풍경을 감상하는 중에 용수의 눈앞에 허리 굽은 노파가 커다란 소쿠리를 안고 용수가 있는 쪽으로 천천히 걸어오고 있는 모습이 보였다. 노파가 인자한 미소를 지으며 용수에게 다가왔다. 노파는 가볍게 그에게 눈인사를 하고 매달려 있는 사과를 바라보았다. 그리고 손가락으로 사과의 개수를 세었다. 순간 노파는 당황스러워하며 다시 사과의 개수를 세었다.

그리고 용수를 보며 물었다.

"이보게. 지금 이 나무에 사과가 정확히 10개가 없다네. 혹시 자네가 먹었는가?"

용수는 어리둥절하며 기어 들어가는 목소리로 대답을 했다.

"예. 제가 너무 배가 고파서 몇 개 따먹었습니다. 이 나무가 할머니 나무였군요. 죄송합니다."라고 용수가 정중하게 용서를 빌었다.

그 말을 들은 노파가 대뜸 물었다.

"자네는 어디를 가려고 하는가?"

"고향에 가려고 합니다."라고 용수가 공손하게 대답했다.

그러자 노파는 난감한 표정을 지으며 말을 했다.

"이보게. 젊은이. 고향에 가려면 '좁은 문'을 통과해야 한다고 소리 언덕에 사는 햇빛에게 이야기를 못 들었는가?"

용수가 대답했다.

"네. 들었습니다. 어르신."

노파가 그에게 물었다.

"좁은 문을 통과하기 위해서는 낡은 기억들을 청소해야 한다는 이야기 역시 들어서 알고 있겠지?"

"네." 하고 용수가 어리둥절하며 대답했다.

그리고 연이어 용수가 말했다.

"낡은 기억의 청소를 하기 위해서는 저의 믿음이 중요하며 그 믿음이 있으면 햇빛이 제가 좁은 문을 통과할 수 있도록 도와준다고 말을 했습니다."

노파가 다시 물었다.

"자네 혹시 이 나무의 이름이 뭔 줄 아는가?"

"사과나무 아닙니까?"

용수가 대답했다.

노파가 천천히 용수를 위해서 사과나무의 본모습에 대해서 이야기했다.

"자네는 이 나무의 이름을 알지 못하는군. 이 나무는 사과나무가 아니야. 이 나무의 이름은 무(無)라네. 다시 말해서 그냥 본래 아무것도 없다는 뜻이지. 자네와 내가 눈으로만 본 대로라면 사과나무가 맞네. 자네는 이렇게 생긴 나무가 사과나무라고 이름으로만 알고 있을 뿐이지."

이 말을 들은 용수는 어리둥절했다. 도대체 이 노파가 무슨 말을 하고 있는지 이해가 되지 않았다.

그 모습을 바라본 노파는 빙긋이 웃으며 조용히 이야기했다.

"이 나무는 본래 우리 주위에 없었다네. 그저 우주의 법칙에 따라 잠시 여기에 서 있었을 뿐 곧 없어질 것이지. 문제는 말이야. 자네가 이 열매를 눈으로만 보고 먹음으로써 이 열매의 맛을 과거의 기억 속에서 찾아냈고 동시에 자네의 육체와 정신은 과거의 맛과 향기를 통해서 그와 관련된 모든 기억들을 다시 상기시켰다는 사실을 아는 것이 중요하네. 자네는 이 나무의 열매를 10개나 먹고 포만감에 사로잡혀 진정 놓치지 말아야 할 중요한 일을 망각했지. 그 일은 자네의 마음속에 존재하는 본성을 찾는 일이지. 그 사실을 망각하는 순간 순식간에 배가 부르다는 생각에 빠져 그와 연관된 자네의 낡은 기억 속 층층이 쌓인 냄새나는 기억들을 자극하여 감정이 풍선처럼 부풀러질 수도 있단 말일세. 그 생각과 감정이 부풀러진 상태에서는 저 좁은 문을 통과할 수가 없지. 좁은 문 앞을 가 보면 알겠지만 정문 앞에 창을 든 파수꾼 옆에 커다란 저울이 있을 걸세. 그 저울 앞에는 자네 같이 좁은 문을 통과하여 고향으로 가고자 하는 사람들로 줄이 길게 서 있을 거야. 모든 사람들이 좁은 문을 통과하기 전에 생각의 무게를 측정해야 하기 때문이지. 파수꾼은 저울의 눈금을 보고 통과할 사람과 통과하지 못하는 사람들을 나눈다네. 자네는 내가 보기에는 좁은 문을 통과하기 어려울 것 같으이. 이 나무의 열매를 10개나 먹었으니 생각의 부피가 아주 많이 커져 있지 않겠는가?"

용수는 노파의 말이 이해가 되지 않아 다시 물었다.

"배가 부른 것하고 생각의 부피가 커진 것하고 무슨 상관이 있습니까? 저는 단지 배가 고프고 목이 말라서 사과 몇 개를 따서 먹었을 뿐입니다."

그 말을 들은 노파는 조용히 용수에게 이야기했다.

"나를 따라오게. 내가 자네에게 보여 줄 것이 있네."

노파는 용수와 언덕 위로 연결된 작은 오솔길을 말없이 걸어갔다. 한참을 걸었을까. 그들 앞에 작은 성이 나타났다. 그 성 앞에는 창을 든 파수꾼이 서 있었고 그 옆에는 저울이 있었다.

용수는 '저기가 좁은 문이군.'이라고 혼잣말을 하며 작은 한숨을 쉬었다.

성문 주위에는 수많은 사람들이 웅성거리며 서 있었다. 그리고 한 사람씩 저울에 올라서서 무게를 재기 시작했다. 파수꾼은 저울의 바늘을 보고 성문 통과를 허락한 사람은 파랑 깃발 쪽으로, 허락받지 못한 사람은 빨강 깃발 쪽으로 보냈다. 파랑 깃발 쪽으로 간 사람들은 뛸 듯이 기뻐하며 성문 안으로 들어갔고 그렇지 못한 사람들은 슬품에 못 이겨 울분을 터뜨렸다.

그리고 파수꾼은 허락되지 않은 사람들에게 이렇게 말했다.

"당신들은 모든 생각들을 버리고 다시 오시오. 몸과 정신에서 일어나는 모든 생각들을 비워야 이 문을 통과할 수 있소."라고 엄중히 이야기했다.

이 광경을 지켜본 용수는 노파에게 물었다.

"무슨 생각을 버리라는 겁니까?"

노파가 대답했다.

"우리들의 몸과 정신 그리고 영혼 속에 기록된 모든 생각들을 버리라는 이야기지. 자네가 아까 열매 10개를 먹음으로써 그 맛을 영원히 잊지 못할 것이며 그 열매의 맛은 과거 자네가 먹었던 사과의 맛과 함께하여 그와 관련된 모든 기억들과 투영되어 허깨비 같은 기억들이 되살아나 자네의 감정을 어지럽히게 하네. 죄책감, 연민, 부정등과 같은 과거 삶에 대한 낡은 추억의 감정을 담은 기억들 말일세."

노파의 이야기를 들은 용수에게 작은 깨달음이 생겼다. 그리고 노래를 불렀다.

"사과는 사과가 아니었네. 그것은 그냥 과거의 추억 속에서 이름 지어진 것일 뿐이네.

내가 먹은 10개의 사과 중에 하나는 어머니 얼굴을 닮았네. 그리고 나의 친구들의 모습도 거기 있었네.

아! 사과 맛이 달구나. 이런! 단맛 속에 옆집 사과나무 위에 올라가 몰래 사과를 따 먹은 기억이 있네. 나는 웃고 있구나. 그 추억이 나를 웃게 하는구나. 그리고 늙은 부부가 새장 앞에 사과를 두고 나에게 노래를 부르도록 강요하는 슬픈 생각이 나는구나. 아! 내가 먹은 사과 10개는 사라졌다. 그래서 원래 사과는 없었다네. 나는 사과 열 개를 먹은 것이 아니라 생각 10개를 추억했네."

용수는 낙담했다.

'좁은 문을 통과해야만 고향으로 갈 수 있는데 어떻게 하면 좋을까?' 하는 깊은 절망에 빠져 어찌할 줄 모르고 있을 때 노파가 용수의 어깨를 두드리며 말을 했다.

"지금 여기서 생각을 버리게. 그러면 되네. 물론 그 생각을 버리기 위해서는 고통스러운 시간의 고비를 넘겨야 하지만 말일세."

그렇게 말을 하고 노파는 어디론가 사라졌다.

20. 용기

용수는 동물원에 갇혔다. 그의 주위에는 여우, 늑대, 박쥐, 그리고 원숭이와 회색 쥐들이 그를 둘러싸고 있었다. 용수는 동물원의 철창을 빠져 나가려고 애를 썼지만 불가능했다. 여우는 끊임없이 귀를 쫑긋 세우고 교활한 눈빛으로 용수를 바라보고 있었고 늑대는 피 묻은 혀를 날름거리며 그의 주위를 맴돌았다. 회색 쥐는 바닥을 휘저으며 틈만 나면 용수의 심장을 갉아먹기 위해 기회를 엿보고 있었고 그리고 낮에는 원숭이가, 밤에는 검은 박쥐들이 용수가 어떻게 이 철창 안에서 죽어 가는지 희죽거리며 감시하고 있었다.

여우가 용수의 곁으로 살금살금 다가와서 조용히 속삭였다.

"이봐, 용수. 좁은 문은 네가 통과할 수 없는 곳이야. 왜냐하면 그 문은 온전히 자신의 힘만으로 통과해야만 하지. 네게는 그런 힘이 없잖아? 너 혼자서 먹이를 찾아 먹어 본 적도 없고 하다못해 물조차

레슨

도 누군가 줘야 먹을 수 있는 그런 가련한 존재이지 않니? 너는 자신의 힘을 쓸 수 있는 방법도 모르고 그런 힘이 있는지 너는 알지 못하잖아. 설령 안다고 하더라도 오랜 과거부터 누군가에게 의존만 했던 너의 습성으로는 그 힘을 어떻게 써야 하는지 전혀 알지 못하지. 그 사실을 너는 분명히 인정해야 만해.”

그러자 용수가 버럭 화를 내며 말했다.

“나는 그렇지 않아 과거에 아무리 그렇게 살았다고 하더라도 지금 내 모습은 변했어. 지금 이 좁은 문 앞까지 온 것도 오롯이 내 힘으로 왔다고. 나는 변했어. 과거의 내가 아니야!”

그러자 여우가 다시 응수했다.

“지금 잠시 네가 고향을 가기 위한 열정 때문에 여기까지 왔다지만 근본적으로 너의 내면이 완전히 변하지 않는 이상 지금까지 했던 얄팍한 너의 노력은 빠른 속도로 물거품으로 변할 거야.”

그 말을 들은 용수는 분노를 터트리며 여우에게 욕설을 퍼 부었다.

“이 교활한 여우야! 썩 물러가라!”

용수의 분노하는 소리에 늑대가 으르렁거렸다. 그리고 바닥의 회색 쥐는 용수의 심장을 향해서 힘차게 뛰어 올랐다가 다시 바닥으로 떨어졌다. 용수에게 두려움이 밀려왔다.

원숭이는 웃으며 좋아했다.

“아이 좋아라. 용수가 두려워하고 있어. 앵무새가 불안해하고 있어.”

낮과 밤이 수시로 바뀌며 박쥐들과 원숭이들은 용수의 두려운 모습을 보며 다 함께 합창을 했다.

"용수가 두려워하고 있어. 아마 용수는 영원히 이 철창 안을 벗어
나지 못할 거야."

용수는 두 날개로 눈을 가리고 울었다.
그리고 "너무 무서워. 너무 두려워."라며 그는 절규했다.

용수의 삶은 절름발이 삶이었다.
그러고 보면 지금까지 온전하게 두 발과 날개로 자신이 원하는 곳
으로 가거나 날아가 본 적이 없었다. 그는 항상 누군가를 의존만 한
그런 삶을 살았다는 사실을 불현듯 깨달았다. 그래서 그의 삶은 언
제나 불운했고 고통스러운 삶의 연속이었다는 사실까지도 조금씩
알아갔다. 그리고 그는 그에게 닥친 모든 불운을 자신의 탓으로 돌
리지 않고 외부의 모든 존재들에게 그 모든 책임을 전가를 했다. 그
리고 자신에게 벌어진 모든 일들을 있는 그대로 바라보지 못하고 항
상 왜곡해서 보았다. 이러한 그의 무지로 인하여 한 번도 그는 자신
의 발과 날개로 온전하게 일어나서 걷거나 날아 보질 못했고 누군가
에게 의존만을 하며 매 생을 마감했다. 그래서 그는 반쪽 삶을 살았

던 것이다. 절름발이 삶 말이다.

　직감적으로 용수는 과거 자신의 삶을 기억해 내기 시작했다.
　그리고 속으로 중얼거렸다.
　'나는 너무 무지했다. 모든 일은 나로부터 일어났다는 사실을 전혀 몰랐다. 나의 모든 생각과 감정은 언제나 부정적이고 열등감으로 가득 찼었다. 그로 인해 두려움과 불안의 검은 그림자가 나를 떠나지 않았다. 그래서 나는 이런 비루한 '새'가 될 수밖에 없었어. 부정적인 생각이 나를 지배하는 이상 나는 영원히 고향으로 갈 수 없겠구나. 그래. 나는 원래 그런 새였어. 그래서 나는 매 생애를 남들에게 잘 보이기 위해 노래를 불렀던 거야. 나는 나의 노래를 한 번도 불러본 적이 없는 불쌍한 새였어. 그래. 설령 내가 저 좁은 문을 통과하지 못한다고 하더라도 다음 생을 위한 왜곡된 나의 생각과 감정을 모두 버려야겠구나. 노파가 나에게 왜 그렇게 말을 했는지 이제 이해할 수 있을 것 같아. 그 나무는 사과나무가 아니었어. 사과나무는 원래부터 없었던 거야.'
　용수는 자신에 대한 모든 것을 받아들이자 동물들은 사라지고 철창문이 열렸다.

21. 영원한 삶을 위해

"나를 만나야 한다. 비록 지금의 나의 모습은 '새'이지만 이 모습 역시 영원하지 않다. 사과나무가 본래 사과나무가 아니었던 것처럼 말이다. 그래서 더더욱 진짜 나를 만나야 한다."라고 스스로에게 말을 했다.

용수 앞에 서 있던 좁은 문은 사라졌다.

용수는 허허벌판에 조용히 앉아 자신을 찾기 시작했다. 눈을 감았다. 머릿속에 어지러운 기억들이 용수의 감정을 뒤흔들고 있다. 자신을 버린 엄마, 그리고 형제들, 혹독하게 채찍질하는 서커스 단장, 노래를 강요하는 탐욕스러운 늙은 부부 그들의 모습이 떠오를 때마다 용수의 몸은 부르르 떨렸다. 그의 내면에서는 견딜 수 없는 두려움과 공포가 엄습하고 사라지기를 수없이 반복했다.

그러한 공포와 두려움이 엄습할 때마다 동물원의 철창문이 하늘에서 내려왔고 그 감정이 떨쳐질 때 그 문은 다시 하늘로 올라갔다. 그의 감정은 마치 풍랑을 만난 돛단배처럼 심하게 출렁거렸다. 용수의 가슴은 너무 아파 쓰러질 것 같았다.

그리고 그의 주위에서는 붉은색, 검은색, 짙은 갈색순으로 수시로 빛의 색이 바뀌며 그의 몸을 휩싸 안았다가 사라지기를 무수히 반복했다.

용수는 고통스러워 혼자 되뇌었다.
"지금 나에게 보이는 모든 것은 진실이 아니야. 그냥 허상일 뿐이야. 내가 만들어 낸 거짓 세계일 뿐이야."라고 용수는 주문을 외우듯 계속 중얼거렸다.

시간이 얼마나 흘렀는지 모르지만 오래된 기억의 폭풍우가 잠잠해졌다. 용수의 마음도 점점 안정을 찾았다. 그리고 따스한 하얀 햇빛이 그의 주위를 밝게 비추었다.

그는 햇빛의 따스함을 느끼며 오물처럼 올라오는 낡은 감정들을 측은한 눈으로 바라보기 시작했다. 그리고 낡은 기억들 역시 자신의 일부라는 사실을 느끼기 시작했다. 용수가 자신이 만든 생각과 감정을 부드러운 눈으로 응시하는 순간 낡은 기억 속의 생각과 감정들이 따뜻한 햇빛에 의해 서서히 녹기 시작했다.

용수는 미소를 지으며 말했다.

"내가 이제 너희들에게 자유를 줄 때가 되었구나. 나의 좁은 육체 안에 갇혀 너희들은 얼마나 답답했니? 그래. 이제 알겠다. 너희들 역시 답답해서 그렇게 내 안에서 용트림을 쳤구나. 미안하다. 어린 용수야. 그리고 내 영혼 속에서 오랜 시간 있었던 모든 기억과 감정들아. 이제 너희들은 자유다. 훨훨 자유롭게 날아가거라."

용수는 진심으로 낡은 기억들을 인정하기 시작했다. 모든 생각과 감정 역시 자신이었다는 사실까지도 말이다. 그러자 사라졌던 좁은 문이 다시 나타났다.

레슨

22. Service for me

용수는 다시 좁은 문 앞으로 걸어갔다.

창을 든 파수꾼이 용수에게 말을 했다.

"저울에 올라가서 생각의 무게를 재시오."

용수는 말없이 저울 위에 올라섰다. 저울 눈금이 조금도 움직이지 않았다.

파수꾼은 파랑 깃발을 올리며 "통과!"라고 크게 외쳤다.

좁은 문을 통과한 용수의 눈에 웅장한 궁궐이 나타났다. 궁궐 안으로 많은 사람들이 들어가고 있었다. 그도 사람들을 따라 궁궐 안으로 들어갔다. 궁궐 안은 용수가 생각했던 그런 곳이 아니었다. 궁궐 문을 들어서자 끝도 없이 넓게 펼쳐진 벌판에 수많은 사람들이 장사를 하고 있었다. 그 광경은 용수가 과거에 살았던 곳들의 장터의 모습과 다르지 않았다. 그냥 평범한 장터였다. 신발을 파는 사람, 옷을 파는 사람, 그리고 빵을 파는 사람 등 다양한 장사를 하는 상인들이 열심히 물건을 팔고 있었다. 용수는 시장 구경을 하며 상인들이 장사하는 모습을 유심히 보았다. 그런데 이상한 거래 광경을 보고 용수는 당황했다. 특히 빵을 파는 가게를 지나가는데 빵의 가격표를 보고 용수는 도무지 이해를 할 수가 없었다. 그 가격표에는 이렇게 적혀 있었다. 예를 들면 제일 큰 빵 가격은 감사(gratitude) 300그램, 제일 작은 빵은 동정(compassion) 150그램. 이런 식으로 모든 가게 물건의 가격이 적혀 있었다. 그리고 물건을 사는 사람들은 상품을 구입할 때마다 자신들의 지갑에서 하얀색 돌을 상인에게 지불 했다. 어떤 사람이 가장 큰 빵을 구입을 하며 하얀색 돌을 물건값으로 지불을 했는데 하얀 돌에는 금색으로 300이라고 적혀 있었다.

용수는 그 광경을 보고 황당해하며 중얼거렸다.

"도무지 이해가 되지 않아. 왜? 사람들은 물건을 구입하고 돈을 주지 않고 아무 쓸모도 없는 돌을 주는 거지? 그리고 보니 돌 위에 숫자 300은 '감사'를 의미하는 모양이군."

용수는 자신과는 아무 상관이 없다는 듯 혼잣말을 했다.

손님이 빵집 주인에게 하얀색 돌을 주자 손님과 주인 두 사람 모두에게 하얀빛의 오라(aura)가 생겼고 서로 300분 동안 손을 잡고 감사의 이야기를 나누었다. 그들의 이야기는 말로써 표현하는 것이 아니라 서로의 눈빛으로 의사를 주고받았다. 감사의 시간이 길어질수록 오라(aura)의 색깔은 더욱 하얗게 되었다. 빵 가게뿐만이 아니었다. 궁궐 안 모든 장터의 상점들이 우리가 알고 있는 일반적인 화폐가 아니라 물건의 가격에 따라 밝기가 차이 나는 하얀색 돌을 가지고 서로 거래를 했다.

한참을 궁궐 안 상인들의 모습을 바라보고 있던 용수의 곁으로 하얀 지팡이를 들고 나무 왕관을 쓴 중년의 남자와 핑크색 지팡이를 들고 꽃 왕관을 쓴 중년의 여인이 다가왔다.

그리고 나무 왕관을 쓴 중년의 남자가 그에게 이야기했다.

"자네는 이곳에서 무엇을 거래할 텐가?"

용수가 무슨 말인지 이해를 하지 못하여 중년 남자의 눈을 빤히 바라보았다.

그러자 꽃 왕관을 쓴 중년 여인이 다시 이야기했다.

"당신은 무엇을 여기서 거래하고 싶소? 이곳에 있는 모든 사람들은 거래를 통해서 자신의 모든 것을 주고 동시에 자신이 얻기를 원하는 것을 받아야 하오. 그것이 이곳의 거래 방식이요. 당신 역시 사람들에게 자신이 가진 모든 것을 주시요. 그러면 필요한 모든 것을 받을 수 있소."

용수는 대답했다.

"보시다시피 저는 아무것도 가진 것이 없습니다. 무엇을 다른 사람에게 주고 싶어도 줄 수가 없답니다."

그러자 꽃 왕관을 쓴 중년 여인이 다시 이야기했다.

"당신은 한심한 앵무새이군요. 당신이 가진 것이 없다니요? 당신은 자신에 대해서 전혀 모르는 불쌍한 새일 뿐이군요. 내가 답을 드리리다. 정답을 드리는 대신 여기서 열심히 당신이 가진 모든 것을 팔아야 합니다. 아시겠습니까?"

용수는 힘없이 "네." 하고 대답했다.

꽃 왕관을 쓴 중년 여인이 말을 했다.

"당신에게는 아름다움과 조화가 있소. 그 보물은 당신의 목소리에 감춰져 있지요. 그래서 당신은 '소리'를 여기서 팔아야 합니다. 당신의 소리를 통해서 아름다움과 조화를 원하는 모든 사람들에게 팔아야 합니다. 원래는 자신이 팔아야 할 물건은 스스로 알아내야 하지만 내가 특별하게 당신에게 알려 드리는 것입니다. 왜냐하면 당신은 고향에 가고자 하는 열망이 다른 사람들보다 월등하게 강하기 때문에 당신이 거래할 물품에 대해서 알려 드리는 것입니다."

꽃 왕관을 쓴 중년의 여인이 말을 마치기 무섭게 나무 왕관을 쓴 중년 남자가 이야기했다.

"자네가 장사할 장소는 저기 신발 가게 옆 파이프오르간이네."라고 용수에게 말을 해 준 뒤 중년 남녀는 그 자리를 떠나려고 했다.

용수는 떠나려는 중년 남녀의 앞으로 뛰어가 그들의 앞을 막아서서 물었다.

"당신들은 누구십니까?"

그러자 나무 왕관을 쓴 중년 남자가 대답을 했다.

"우리는 이 궁궐에 사는 왕과 왕비라네. 자네가 장사를 마칠 때 쯤 우리가 다시 올 테니 그때까지 자네가 가진 모든 것을 팔아야 하네. 그럼 수고하게."라고 짧게 인사를 하고 그들은 사라졌다.

파이프 오르간에 앉은 용수는 천천히 오르간을 연주하며 노래를 부르기 시작했다. 용수의 노래가 리듬을 탈 때마다 용수 주위에서 오라(aura)의 아름다운 빛이 춤을 추고 있었다. 그 빛을 보고 수많은 사람들이 자신들의 하얀 돌을 가지고 용수 주위에 몰려들었다. 그리고 용수에게 하얀 돌을 지불하며 용수와 대화를 나누기 시작했다. 아름다운 빛에 대한 이야기를 말이다. 아름다운 빛의 대화가 깊어질 수록 그의 소리에서 조화와 통일의 빛들이 더욱 많이 쏟아져 나와 더 많은 사람들과 대화를 나눌 수 있게 되었다. 그들의 대화는 말이 필요 없었다. 그냥 자신의 빛과 타인의 빛을 서로 나눌 뿐이었다.

용수의 거래는 낮밤이 몇 번 바뀐 줄도 모를 정도로 정신이 없었다. 용수에게는 메뉴판과 가격표가 없었지만 그것은 아무런 문제가 되지 않았다. 그의 주위에는 '자유'라고 새겨진 하얀 돌들이 수없이 쌓였다. 그것뿐이었다. 왜냐하면 용수가 진정 원한 것은 '자유'였기 때문이다. 용수는 자신의 소리를 줌으로써 자신이 진정 원하는 자유를 얻었다는 사실을 믿을 수가 없었다. 왜냐하면 이전의 용수의 삶에서는 자신의 것을 사심 없이 타인과 나눔을 통해서 더 값진 선물을 받을 수 있다는 사실을 알지 못했기 때문이다. 그렇지만 지금 용수는 아무런 사심 없는 나눔을 통해서만이 값진 선물을 받을 수 있다는 사실을 이제는 이해하게 되었다.

궁궐 안 장터의 풍경은 장관이었다. 수많은 가게에서 퍼져 나오는 하얀빛은 하늘을 아름답게 수놓았다. 나눔의 빛들로 말이다.

23. 고향 가는 길목에서

　장터에서 품어져 나오는 하얀빛은 또 다른 공간으로 통하는 문을 활짝 열게 했다. 용수는 그 문 앞에 서 있었다. 열린 문 안으로 하얀빛이 쏟아져 나왔다. 용수는 그 광경을 넋을 잃고 멍하니 바라보았다. 그는 직감적으로 이 문을 통과하면 고향에 갈 수 있을 것이라고 생각했다. 그래서 그는 용기를 내어 문 밖으로 힘껏 몸을 날렸다. 그러나 그의 몸은 용수철처럼 튀어 올랐다가 다시 바닥으로 떨어졌다. 그러나 그는 계속 문 밖으로 나가기 위해 시도했지만 결과는 똑같았다. 용수는 너무 지쳐 힘없이 혼잣말을 했다.

　"왜 문 밖으로 나갈 수가 없는 거야? 이 문만 나가면 고향으로 갈 수 있을 것 같은데 내 힘으로는 도저히 나갈 수가 없어. 도대체 이유가 뭐야?"라며 용수는 그 자리에 털썩 주저앉았다.

　그때 하얀빛에서 맑은 목소리가 들려왔다.

"이봐, 용수. 너는 아직 고향에 올 때가 아니야. 그냥 그곳에 머물러. 네가 고향에 대해서 온전히 이해할 때까지 말이야."

용수가 그 말을 듣고 대답을 했다.

"내가 고향을 이해하지 못한다고요? 이 문만 통과하면 고향인 줄을 나는 알고 있단 말이요. 어서 나를 여기서 나가게 해 주세요!"

하얀빛은 더 이상 말을 하지 않았다.

주위는 고요해졌고 활짝 열린 문만 그의 앞에 서 있을 뿐이었다. 용수는 그 후로도 계속 그 문을 나가기 위한 시도를 했지만 결과는 마찬가지였다. 그는 망연자실하게 하얀빛이 들어오는 문만 바라보고 있었다.

레슨

24. 공간

열려진 문 밖을 바라보고만 있는 용수는 혼란에 빠졌다. 지금 그가 서 있는 공간과 고향으로 가는 길은 문 하나를 사이에 두고 있다. 그러나 용수는 문밖으로 한 발짝도 나갈 수가 없었다.

용수는 끊임없이 궁리하고 머릿속으로 쉬지 않고 계산을 했다.

'문밖을 나갈 수 있는 확률이 몇 퍼센트인가? 어떻게 하면 저 문을 통과할 수 있을까?'

용수가 마음속에서 문밖으로 나가기 위한 생각에 집착하는 동안 그곳의 빛은 점점 사라지기 시작했다.

용수는 빛이 줄어 가는 모습을 보며 불안함과 두려움을 점점 더 강하게 느꼈다.

불안과 두려움을 느끼면 느낄수록 빛은 점점 더 빨리 줄어들기 시작했다. 그리고 문마저 점점 닫혀 가고 있었고 지금 그가 서 있는 공간은 점차 어두워지기 시작했다.

용수는 어찌할 바 모르고 어두운 빛이 스며들고 있는 공간에서 두려움에 벌벌 떨고 있었다. 한 번 엄습한 두려움은 쉽게 멈춰지지 않고 그의 영혼을 옭죄었다. 답답했다. 그 답답함은 누군가 자신의 목을 조르는 듯 숨을 쉴 수가 없었다.

숨이 막히고 타는 듯한 목마름에 신음하던 중에 그의 내면에서 절박한 목소리가 들려왔다.

"용수야. 버려야 해. 버려야 너는 살 수 있어!"라고 계속 반복적으로 용수의 내면이 안타깝게 소리쳤다.

용수가 외쳤다.

"도대체 무엇을 버리라는 거야!"라고 그의 분노에 쌓인 목소리가 커져 갈수록 그가 있는 공간은 더욱 어두워졌다.

이 공간의 짙은 어두움은 회색별 속의 메케한 내음을 머금은 회색빛 암흑의 상태와는 확연하게 달랐다. 왜냐하면 이곳에서는 용수가 무엇을 버려야 하는지 알려 주기 위한 희망의 빛을 비춰 주고 있었기 때문이다. 그리고 이 공간은 매캐한 냄새가 나지 않았다. 그 이유는 간단했다. 용수는 이미 그가 가진 모든 '소리'를 수많은 타인에게 나누어 주었기 때문이다. 그래서 용수는 회색별에 다시는 가지 않아도 되었다.

 그는 그 자리에 털썩 주저앉아 별과 달을 멍하니 바라보았다. 별과 달은 용수만을 비춰 주고 있었다. 마치 비극 무대에서 홀로 스포트라이트를 받고 있는 주인공처럼 말이다. 그리고 그 빛들은 용수가 무엇을 버려야 하는지에 대한 답을 찾도록 도와주는 듯했다.

25. 왕과 여왕

나뭇잎이 떨어지고 바람이 조용히 불고 있다. 용수는 주위에 나무가 없는데도 어디선가 나뭇잎이 떨어지는 모습이 신기했다. 그리고 신선한 바람은 떨어지는 나뭇잎을 모아 용수의 몸을 감싸 안아 주었다. 나뭇잎의 색깔 역시 신기했다. 그 색은 따뜻한 금색이었고 바람의 소리 역시 따뜻했다. 나뭇잎과 바람은 한 쌍의 절묘한 조화를 이루며 용수의 주위에 머물러 그를 감싸 안아 주었다.

용수는 편안하게 바닥에 드러누워 눈을 지그시 감고 나뭇잎의 따뜻한 촉감과 바람의 맑은 소리를 즐기고 있었다. 하늘에는 둥근달이 떠 있고 땅에는 부드러운 나뭇잎과 바람이 있어 용수의 마음은 더 없이 만족스러웠다.

평온한 이 순간을 즐기고 있는 용수에게는 아무런 두려움과 불안이 없다. 늑대가 그를 괴롭힐 것 같은 두려움 그리고 여우의 교활한 속삭임이 이곳에는 없다. 또한 밤낮으로 그를 회색별에서 영원히 살도록 하기 위해 호시탐탐 노리는 검은 박쥐와 회색 쥐들의 움직임도 전혀 없는 이곳은 너무나 평화로웠다. 이곳의 생활은 지금까지 한 번도 느껴 본 적이 없는 평온함 그 자체였다.

용수는 이 시간을 영원히 누리고 싶었고 이 소중한 순간을 다시는 놓치고 싶지 않았다.

시간이 빠르게 지나가며 달과 별이 수시로 역할을 바꾸어 가며 그에게 맑은 빛을 비춰 주었다. 달은 금색 빛을 비추며 용수가 있는 공간 전체를 부드러운 빛으로 가득 채웠다. 용수는 금색 빛의 강한 힘으로 인해 그만 눈을 떠 버렸다. 그리고 그는 한 번도 경험하지 못한 신기한 경험을 했다. 지금까지 불어오는 바람은 금빛 찬란한 달에서 계속 불고 있었다. 그는 달에서 바람이 분다는 이야기는 어디에서도 들어 본 적이 없었다. 그렇게 한참을 달을 바라보고 있는데 달의 모습 속에서 얼마 전에 만났던 여왕의 얼굴이 나타났다. 여왕은 말없이 그를 바라보며 그의 입에서 조용히 녹색 바람만 그에게 불어 줄 뿐이었다. 여왕의 녹색 바람은 용수를 안락한 요람 같은 편안함을 주었고 용수의 불안감과 두려움을 잠재워 주었다.

별빛이 서서히 하늘의 뒤편으로 사라지고 달의 미소가 엷어질 무렵 공간의 색이 점점 맑은 오렌지색을 띠며 열기를 더하기 시작했다. 그 열기는 칙칙한 더위 같은 것이 아니라 신선하고 맑은 느낌을 주는 따뜻함이었다. 그 따뜻한 오렌지색의 빛은 점점 하얀색으로 변하며 달의 자리를 자연스럽게 대신했다. 그 하얀빛의 힘은 용수를 일어서게 만들었다. 하얀빛에서 쏟아져 나오는 강력한 에너지가 용수를 일어서게 만들었던 것이다. 용수는 지쳐 누워 있을 수가 없었다. 그는 일어서야 했다.

용수는 하얀빛으로 가득한 지평선을 바라보았다. 천천히 떠오르는 태양이 하얀빛을 가득 머금고 있었다. 그리고 그 빛은 대지(大地)를 밝게 비춰 지금 그가 있는 공간 전체를 비춰 주었다. 이 공간 안에는 아름다운 자연도 있지만 하얀별, 회색별 그리고 검은별이 모두 함께 있었다. 태양의 밝은 빛 덕분에 용수는 자신이 있는 공간의 실체를 확연히 볼 수 있었다.

용수는 깨달았다. 그는 어디에도 간 적이 없었다는 사실을 말이다. 그는 언제나 이 공간 안에서 회색, 검은색, 하얀색 빛만을 쫓고 있었음을 깨달았다. 불나방처럼 빛만을 쫓고 있었던 자신의 무지를 하얀빛이 일깨워 주고 있었다. 태양의 도움으로 자신이 있는 공간의 실체를 모두 볼 수 있다는 사실에 용수는 놀랍고 감사함까지 느꼈다.

진정한 감사함을 느끼는 순간 하얀 태양 속에서 왕의 모습이 보였다. 그리고 왕은 용수를 보며 빙그레 미소 짓고 있었다.

제2부

우리는 늘 고향에 있었다

1. 선택

용수는 작은 오두막에 사는 소박하고 순수한 부모의 아기로 태어 났다. 그의 부모님은 근면하였고 새벽부터 밤늦게 까지 산과 들에서 일하고 가축들을 돌보며 하루하루를 보냈다. 갓난아기 용수는 어머 니의 등에 업혀 그들의 근면함을 배우고 있었다. 작은 아기와 함께 용수의 영혼은 어머니 등에 업혀 있었다.

아기가 지금 보고 느끼고 있는 모든 것들은 아기의 몸속에 깃든 용 수의 영혼과 함께하고 있다.

그래서 아기의 눈은 맑았다. 용수의 공간은 하얀빛이 가득 하기 때 문에 아기의 눈은 맑게 빛나고 있었다. 용수는 아기의 몸과 함께하 고 있기 때문에 어머니 곁에서 한 발짝도 떨어질 수가 없다. 그래서 그는 부모님과 함께 하루하루를 보내는 것에 만족해야 했다.

해 질 무렵이면 부모님은 항상 행복한 웃음을 지으며 같이 저녁 식사를 준비했다. 그들은 진정 서로 사랑을 했고 진심으로 나를 사랑하고 있다는 것을 느낄 수 있었다. 그 사랑은 말뿐이 아니라 진심 어린 태도와 행동에서 자연스럽게 묻어 나왔다. 그들의 순수한 사랑은 자연스럽게 아기에게 전달되어 매일 아기는 평온하게 잠들 수 있었다. 아기의 부모님은 논쟁이 아니라 대화를 하고 있었다. 그들은 배려하는 마음으로 서로의 이야기를 경청했다. 긴말은 그들에게 필요하지 않았다. 그래서 그들의 맑은 사랑의 에너지는 아기에게 그대로 전달될 수 있었다. 아기의 부모님은 항상 그들의 삶을 처리하는 데 있어서 지혜로운 선택만을 했기에 그들의 영혼 속에는 회색빛이 들어올 틈이 조금도 없었다.

지금 용수의 영혼은 편안하다. 왜냐하면 그는 하얀빛과 함께하고 있기 때문이다. 하얀빛은 용수가 이곳을 선택할 수 있도록 길잡이가 되어 주었다. 만약 회색빛을 따라갔다면 용수의 삶은 회색빛 속에서 영원히 빠져 나오지 못했을 것이다. 이 모든 놀라운 일이 가능했던 것은 그의 의도가 아닌 우주 공간의 법칙을 충실히 따랐기 때문이다.

2. 감사

아기는 자라 그의 부모님처럼 대지(大地)에 발을 붙이고 아무런 욕심도 없이 들과 산을 다니며 우주가 그에게 선물한 나무를 부지런히 기르고 곡식을 수확하는 일을 매일 반복했다. 그리고 그의 부모님처럼 가축을 살뜰하게 보살피는 일 역시 하루도 거르지 않았다.

아기의 일상은 매일 단조롭다. 남들이 보기에는 지루한 삶처럼 보일지 모르지만 아기는 전혀 지루하지 않았다. 왜냐하면 자신의 부모님 삶처럼 욕망이 없었기 때문이다. 아기의 부모님은 '대지(大地)'의 모습을 닮으려고 노력했을 뿐이었다. 아기 역시 그렇게 살 뿐이다. 그래서 지루하지 않은 것이다.

욕망은 우리의 영혼을 흐리게 만들고 수많은 욕망의 형상을 만든다. 그로 인하여 우리의 몸과 마음은 분주하게 되고 대지(大地)가 잠

레슨

을 자는 고요한 밤에도 잠 못 이루고 욕망을 충족하기 위한 생각들과 매일 씨름해야 하는 고통의 삶을 살게 되는 것이다. 결국은 자신이 만들어 낸 수많은 욕망의 형상들이 우리의 삶을 송두리째 집어삼켜 평생을 욕망의 잔소리를 들으며 살다가 가는 것이다. 그 삶이 실제로 지루한 것이다.

아기는 매일 자신의 삶에 대한 감사함을 느낀다. 자신의 부모님처럼 '대지(大地)'를 닮은 삶을 살 수 있다는 그 자체만으로 너무 감사할 뿐이었다.

3. 축복

아기는 부모가 되었다. 그와 꼭 닮은 아기를 그는 낳았다. 그는 아기에게 아무것도 가르치지 않았다. 아무 말도 하지 않았다. 그저 말없이 보여 주었을 뿐이었다. '대지(大地)'에서 발을 붙이고 사는 법을 말이다.

아기는 말없이 그의 행동과 태도를 관찰했다. 그의 아기는 행복을 모르고 자랐고 불행도 모르고 자랐다. 그냥 '대지(大地)'의 삶의 방식을 관찰하고 대지(大地)가 원하는 삶을 살았다. 그의 부모처럼 말이다. 그렇게 사는 동안 아기의 영혼에는 이성도 직관도 그리고 인간이 만들은 종교적 신념 그리고 불필요한 지식적 개념은 자라지 않았다. 왜냐하면 '대지(大地)'가 원하는 삶은 그런 너절한 지식의 개념 따위는 필요가 없기 때문이다.

아기는 자신의 부모가 살아가는 모습을 보고 배워 그들처럼 살아 갈 뿐이다. '대지(大地)'라고 이름 불리는 이곳이 바로 진정한 우리들의 학교이며 우리가 배워야 할 무한한 지식이 이곳에 묻혀 있음을 아기의 부모는 몸소 가르쳐 주었다.

아기의 진짜 부모인 대지(大地)의 품 안에서 하얀빛이 인도한 삶을 사는 것이 우리들이 원래부터 이곳에서 살아왔던 삶의 원칙이다. 그래서 우리는 영원히 아기가 되고 또 다른 아기를 잉태하기를 반복하며 '대지(大地)'와 영원히 살아야 한다.

용수의 영혼은 아기 모습을 한 자신을 바라보며 태초부터 우리들은 빛과 함께 살고 있었다는 사실을 아기를 통해서 깨달았다. 그 모습은 우리들이 상상한 천사의 얼굴도 악마의 얼굴도 아니다. 그냥 인간의 모습 그 자체였다.

자신의 진짜 모습을 조용히 바라보고 있는 동안 용수의 영혼 속에 새의 모습이 사라져 갔다. 거추장스러운 날개도 없어지고 못생긴 부리 그리고 날카로운 발톱도 사라졌다. 용수는 아기가 되었다. 앵무새의 영혼이 회색빛과 함께 그의 곁에서 어디론가 사라져 버렸다. 용수와 아기는 하나가 되었다. 그 이유는 그를 오랫동안 괴롭히던 회색빛은 사라지고 오직 하얀빛만 그의 곁에 있었기 때문이다.

이것은 '대지(大地)'가 그에게 주는 축복의 선물이었다. 그는 대지(大地)가 준 축복에 대한 이야기를 아기와 나누었다. 그뿐이었다. 왜냐하면 오직 '대지(大地)'만이 줄 수 있는 빛의 축복은 선택받은 자들만이 받을 수 있기 때문이다.

4. 자유

아기는 밀짚모자를 쓰고 삽을 들고 밭을 일구고 있었다. 그의 모습은 조금도 힘겨워 보이지 않고 오히려 행복해 보였다. 밭을 일구고 있는 그의 시선은 오직 황토색 흙에 있었으며 그의 손과 발은 아기를 어루만지듯이 부드럽게 땅을 파고 있었다.

아기의 머리 위에는 따뜻한 봄 햇살이 그를 비추고 있었고 나무와 꽃은 각양각색의 색을 뽐내며 아기가 일하는 모습을 흥겨운 바람의 노래를 부르며 구경하고 있었다. 지금 아기가 하고 있는 일은 자신의 일이 아니라 '대지(大地)'의 일을 하고 있다는 사실을 알고 있는 꽃과 나무들은 더욱 크게 아기를 위해서 노래 불렀다.

아기는 욕심이 없었다. 그래서 꽃과 나무들과 아기는 진실한 대화를 나눌 수 있었다. 왜냐하면 자신 그리고 꽃과 나무 역시 '대지(大

地)'의 일부임을 알고 있었기 때문이다.

아기는 꽃과 나무 그리고 구름 등 대지(大地)의 모든 존재들과의 말없는 나눔의 대화를 통해서 진정한 자유가 무엇인지 깨달았다. 그들이 베푼 나눔의 힘은 실로 대단했다. 그들과 대화를 하는 동안 시간과 공간의 경계가 사라졌다. 이러한 놀라운 체험으로 그는 진정한 자유의 맛을 보았고 대지(大地) 위 모든 존재들이 그에게 들려주는 모든 이야기들을 비로소 이해할 수 있게 되었다.

아기의 마음속에서 오래된 기억들이 영화처럼 지나갔다.

그리고 빙그레 웃으며 용수에게 말을 했다.

"용수, 너는 너무 어리석었어. 너는 이곳이 고향인 줄 전혀 몰랐던 거야. 너는 너 자신밖에 몰랐기 때문에 태초부터 네가 여기에 발붙이고 살았던 사실을 잊어버렸지. 너는 눈 뜬 장님이었어. 그래도 다행이야. 앵무새가 떠나갔기 때문에 비로소 너는 아기가 되어 나와 대화를 나눌 수 있다는 사실이 정말 놀라워. 그래! 그 악몽 같은 기억이 있었기에 지금의 자유가 우리에게 주어진지도 모르지."

그렇게 이야기를 하고 아기와 용수는 다시 하던 일을 계속했다.

레슨

5. 고향

아기는 지팡이를 쥐고 양지바른 곳에서 통나무 의자에 앉아 꾸벅꾸벅 졸고 있었다. 따뜻한 봄 햇살은 아기를 자연스럽게 꿈속으로 인도했다.

시간이 정오를 훌쩍 넘어가고 서서히 석양이 물들 무렵 맑은 봄비가 내리기 시작했다. 비는 아기의 머리 위로 떨어졌다. 아기는 시원한 봄비를 맞고 잠에서 깨었다.

그리고 혼잣말을 중얼거렸다.

"이런, 내가 낮잠을 너무 오래 잤나 보군. 어서 집으로 들어가서 하던 일을 마저 끝내야겠어."

그렇게 혼잣말을 하며 집 안으로 들어갔다.

집 안에 들어간 아기는 비 오는 광경을 보기 위에서 뒷문을 열었다. 아기의 집 뒷문은 작고 좁았다. 그 문은 아기 혼자만 겨우 드나들수 있는 작은 좁은 문이었다. 그러나 아기는 그 문을 너무나 좋아했다. 왜냐하면 좁은 문을 열면 넓은 마당과 아름다운 꽃들 그리고 울창한 나무숲과 연결되어 있었기 때문이다. 그 문 뒤의 공간은 아기가 가장 좋아하는 곳이었다. 그곳에서는 아기의 친구들이 항상 그를기다렸다. 매일 구름, 태양, 달, 그리고 바람들이 항상 아기를 불러내어 같이 놀 수 있기 때문이다.

작은 뒷문은 바로 넓은 자연으로 나아가는 통로였다. 그 문은 잠겨있지 않고 항상 열려 있었다. 아기가 들어가고자 하는 마음만 있다면 언제나 그 문은 자유롭게 지나다닐 수 가 있었다.

그러나 천둥 번개가 치고 비바람이 세차게 내리는 날은 아기는 너무 두려워 그 문을 열지도 못한 날도 많았다. 왜냐하면 아기는 천둥소리와 번개가 너무 무서웠기 때문이다. 만약 그 문을 연다면 검은구름이 그를 삼킬 것 같은 끔찍한 망상과 어두운 밤이면 울어대는 늑대 울음소리가 아기를 그 문 밖으로 나가지 못하게 했다. 그래서 아기는 언제나 좁은 뒷문 밖에 망상의 파수꾼을 세웠다.

잊을 만하면 찾아오는 두려움은 아기가 집을 떠나도록 만들었다.

레슨

그러나 태양이 나타나면 언제 그랬냐는 듯이 아기는 태양과 그리고 바람, 달과 놀았다.

그래서 아기는 매일 꿈을 꾸었다. 자신만의 세상을 말이다. 그러나 그러한 세계는 존재하지 않았다. 그 세상은 아기의 마음속에 존재할 뿐 실제로는 그 어디에도 아기만의 세상은 존재하지 않았다.

그렇게 우두커니 서서 좁은 뒷문을 바라보며 잠시 회상에 잠긴 아기는 허탈한 미소를 지었다.

천천히 어두움이 밀려오고 봄비는 점점 거세졌다. 세찬 빗소리와 함께 작은 집 안에서 껄껄 하는 노인의 웃음소리가 들렸다. 작은 난로에 장작을 넣고 있는 키 작은 노인의 허탈한 웃음소리는 멈추지 않았다.

아기는 어디론가 사라졌다.

그 집에는 초라한 노인만이 있을 뿐이었다.

그는 마지막 말을 읊조렸다.

"나는 언제나 여기에 머물렀고 다시 이곳을 올 텐데 무엇이 걱정인가? 이곳은 우리 모두가 영원히 머물러야 할 곳이지 않는가? 그래! 고향은 애초에 존재하지 않았어! 원래부터 이곳뿐이었어 이곳 안에 모두 존재하고 있었던 거야. 회색별, 회색 구름, 늑대, 호랑이, 태양,

바람, 흰 구름 등 모든 것이 여기 나랑 함께 있었던 거야. 바로 여기 모든 것이 충분히 갖추어져 있었지.

나는 짧은 한 생 동안 나와 인연된 몇 명의 존재만을 선택하고 볼 수 있는 약간의 선택권만 가지고 있을 뿐이었어. 나는 몹쓸 꿈에만 의지했던 거야. 내 두 발이 '대지(大地)'와 항상 함께했었다는 사실을 악몽을 꾸는 동안 까맣게 잊어버렸어. 그래! 잠시 동안 나는 지독한 악몽을 꾸었던 거야. 다음에는 진짜 아름다운 꿈만을 꾸어야겠어. 지금 나는 이 지독한 악몽을 잊기 위해 한숨 자야겠어."

잠시 후 노인은 하얀빛 속으로 올라갔다. 노인은 행복했다. 그는 낡은 육체를 버리고 홀가분하게 빛으로 들어가고 있었다. 그는 진정한 평온을 누리고 있는 이 순간이 너무나 좋았다.

레슨

ⓒ 이화섭, 2024

초판 1쇄 발행 2024년 8월 16일

지은이   이화섭
펴낸이   이기봉
편집   좋은땅 편집팀
펴낸곳   도서출판 좋은땅
주소   서울특별시 마포구 양화로12길 26 지월드빌딩 (서교동 395-7)
전화   02)374-8616~7
팩스   02)374-8614
이메일   gworldbook@naver.com
홈페이지 www.g-world.co.kr

ISBN   979-11-388-3447-6 (03810)